小学館文庫

処方箋のないクリニック
特別診療

仙川 環

小学館

目次

ストロング系女史……005
アンチスイーツ……059
悩める港区女子……115

スマホ首ゲーマー……171
理想の最期……227
アメリカから来た親子……283

カバーデザイン：岡本歌織（next door design）
カバーイラスト：ool

ストロング系女史

1

中・小型医療機器メーカー、アローデンの本社ビルは、新宿副都心から杉並方面へ延びる水道道路沿いにある。地上八階建ての物件は築四十年を超えており、昨年までの旧社名、矢田《やだ》医療電子のほうがしっくりくる。

若月牧子《わかつきまきこ》はエントランスを出たところで立ち止まり、ビルを仰ぎ見た。最上階にある役員食堂の明かりが煌々《こうこう》と灯《とも》っている。時刻は午後五時三十三分。この時期恒例のメディア懇談会が始まった頃だ。

社長以下五人の役員が、経済紙、業界誌の記者や編集者らと意見交換するのが目的ということになってはいるが、実態はただの立食パーティーである。テーブルにはケータリングサービスの料理がずらりと並び、アルコールもビールからワイン、ウィスキーに日本酒まで取り揃《そろ》えてある。

毎年、会の終盤になると泥酔して営業担当役員にウザがらみを始めるあの名物記者は来ているだろうか。

牧子は踵《きびす》を返すと、京王新線の幡《はた》ヶ谷《や》駅に向かって歩き始めた。四月も半ばに入ったのに肌寒かった。スプリングコートを着てこなかったのは失敗だ。

この春、部長が交代したのを受けて、広報宣伝部内で配置換えがあった。牧子の担当は、メディア対応が主業務のコーポレート広報から、社内広報に変わった。主な業務は社内報の作成である。今日の懇談会に出る必要はない。

しかし、つい二週間前までコーポレート広報のサブマネジャーだったのだ。集まった記者や編集者らとは面識があるどころか、そもそも招待者リストを作成したのは牧子だ。なのに、接待役から外されたのは納得がいかなかった。理由は察しがついた。新しく部長になった筒井《つつい》の意向だ。

筒井の前職はコーポレート広報マネジャー。牧子の直属の上司だった。上下関係やルール、しきたりを重んじる筒井と、状況に応じて柔軟に動くべきだと考える牧子は、何かとぶつかっていた。

決定的に亀裂が入ったのは昨年秋。アローデンが業界八位の企業の買収を決めたときだった。情報を聞きつけた経済紙の記者から問い合わせがあったのだが、筒井はすっとぼけた。翌日の午後の正式契約を受けてプレスリリースを出す予定だったからだ。

記者はよほど確信があったのだろう。面識があった牧子のスマホに直接連絡をしてきた。探りを入れてみたところ、ほぼ完璧に情報をつかんでいた。なんらかの意図があって、相手企業の誰かが情報をリークしたようだ。アローデンが認めなくても記者が記事を書く可能性は高いと思った。その際、相手企業の言い分ばかりを載せられては、会社のためにならない。

牧子は、急遽《きゅうきょ》担当役員と相談して、その記者を呼び出した。発表前に詳しい情報を提供する代わりに、この買収がアローデンの業績に大いにプラスに働くと書かせようと思ったのだ。

筒井の了解を取るべきなのは分かっていたが、別件で出かけており、連絡がつかなかった。そのため、やむを得ず筒井には事後報告をすることになった。

翌日、牧子の思惑通りの記事が掲載された。株価が急上昇したこともあり、担当役員はもちろん社長からもお褒めの言葉をいただいた。その一方で、出し抜かれた形になった他社の記者たちは、筒井をつるし上げた。

その日から、筒井はおちょくっているのが丸分かりの口調で牧子を「若月女史」と呼ぶようになった。周りに牧子の悪口を吹聴《ふいちょう》しているようでもあった。女であることを利用して記者に媚《こび》を売るとか、何かとスタンドプレーをしたがるとか。

腹が立ったが、結果的に筒井の顔を潰したのは確かだ。悪口は気にしないように努めた。筒井は次の春、関西支社に異動になるという噂《うわさ》だったからだ。それまでの辛抱だと思っていた。

しかし、年が明けて風向きが変わった。次期部長に内定していた宣伝担当のマネジャーが外資系の同業他社に転職してしまったのだ。代わりに筒井が部長に昇進すると決まったとき、嫌な予感がした。予感は当たり、今の状況になっている。

やりきれなかった。牧子は広報の仕事が好きだった。シングルマザーとして生計を支えねばならなかったこともあり、人一倍仕事に打ち込んできた。実績を上げてきた自負もある。例えば得意の英語で海外メディア向けの広報体制を確立したのは牧子だ。アメリカの有力経済紙に「規模こそ小さいが技術力は確かな日本企業」として取り上げられたときには、奨励賞として金一封が出た。

なのに、今の仕事と言えば、新入社員が書いた「入社の抱負」の誤字脱字をチェックしたり、「会社周辺のお勧めランチ店」を取材したり……。もちろん社内報は社員同士のコミュニケーションを円滑にする大切なツールだろう。でも、牧子のこれまでのキャリアや人脈が生きる仕事ではなかった。

筒井の目を気にしてか、同僚や後輩に距離を置かれるようになったのも辛《つら》かった。ちょっと飲んで帰りたいと思っても、誘える相手がいないのだ。

配置換えからおよそ二週間。諦めの気持ちも芽生えてきた。面倒な人間関係とそれに伴う不本意な異動は、組織で働く人間の大半が経験するものだ。二、三年後、筒井が異動になれば、風向きはまた変わる。

水道道路を渡り、甲州街道へつながる六号通り商店街に入った。食料品店、薬局、飲食店などが立ち並ぶ昔ながらの商店街である。足を踏み入れた瞬間、景色ばかりでなく、音やにおいががらっと変わる。タイムスリップするような感覚が好きなので、駅までの通勤路は、もっぱらこのルートを使っている。

店先の平台でナスをひと山百円で売っている庶民的な青果店があるかと思えば、カット料金が一万円からという高級ヘアサロンがある。本場の味を売り物にしているエスニック料理店が多いのも、北の端とはいえ渋谷区という土地柄を表しているようだ。

たまに同僚と来ていたワインバーの前を通りかかったとき、ガラス張りの窓からさりげなく中をのぞいてみた。金曜日だが時間がまだ早いせいか、カウンター席は客がまばらだった。

ちょっとだけ飲みたい気もしたが、そのまま素通りする。閑職に回され、尾羽打ち枯らして一人で杯を重ねているところを同僚に見られたくない。

そもそも、今日から禁酒を始めるのだった。昨夜、ネットで箱買いしている缶チューハイのストックが切れたので、それをきっかけにしようと思ったのだ。

昨年十二月頭に受けた人間ドックで肝機能の指標とされるγ《ガンマ》-GTPの値が思いのほか高かった。年末、感染性胃腸炎で受診したことがある近所のクリニックに駆け込んだところ、老医師に冷たい視線を向けられた。「大酒飲みでないと出ない数値」だそうだ。

酒量が増えた自覚はあった。一人娘の美羽《みう》が札幌の大学に進学し、一人で暮らすようになってから、ほぼ毎日家で晩酌するようになった。

最初は、女性をターゲットにした低アルコール缶チューハイの三百五十ミリリットル缶を一本か二本たしなむ程度だったが、昨秋筒井との関係がこじれてから、ストロング系と言われるアルコール度数が８％以上と高い缶チューハイに手を出した。甘くて飲みやすいのに喉ごしがスカッとしており、飲めばすぐに気分がよくなる。

でも、量はたいして飲んでいない。ウィスキー一瓶ならともかく、たかが缶チューハイのロング缶二本で大酒飲み呼ばわりされるのは心外だった。

検査の前々日に職場の忘年会があった。その影響かもしれないと言ってみたが、老医師は首を横に振った。

「このままでは、死にますよ。即刻禁酒なさい」

そして禁酒を二か月ほど続けてから、もう一度来院して再検査を受けろと言われた。

「分かりました」と答えはしたが、そこまで深刻な事態とは思えなかった。二日酔いはほとんどしないし、自覚症状も起床時の軽い胃の不快感を除けば、ほとんどなかった。

帰宅後、アルコール依存症の自己診断ができるチェックシートをネットで見つけた。早速やってみたら、「問題はあるが、アルコール依存症に至ってはいない」という結果も出た。

あの老医師は大げさすぎるのだと思ったが、一抹の不安に残った。老医師の目は、びっくりするほど真剣だったのだ。

あれから四か月が経《た》つ。何度か思い立って禁酒に挑戦してみたが、二日以上続いためしがなかった。それどころか、節酒しても数日後には元の酒量に戻ってしまう。再受診もしていない。どうせ老医師に叱られるだけだ。

とはいえ、このままではいけないとは思っている。配置換え以降、毎日定時に帰れるようになった。酒量はきっとさらに増えていく。実際、ロング缶二本では物足りなくなりつつあるのだ。

歩いていると、手提げ鞄《かばん》からかすかに振動が伝わってきた。

通行の邪魔にならないよう道の端に寄ると、鞄からスマホを取り出した。今朝、美羽にメッセージを送った。大型連休の前半と後半のどちらに帰省するのか尋ねてみた。その返事が来たのだろう。

メッセージを開くなり、気持ちが沈んでいった。

――ごめん。前半はサークルの合宿。後半はバイトがあるから連休には帰れません。ちなみに、合宿代はお父さんに出してもらうから大丈夫。

自分でもびっくりするほど大きなため息が出た。

そうか。帰ってこないのか。大学生は何かと忙しい。親の相手などしている暇はないのだろう。自分だってそんなものだった。

美羽と元夫との関係も良好のようでよかった。離婚した直後、美羽は父親の顔も見たくないと言って、元夫の面会希望をはねつけていたのだ。二人の関係が変わったのは、美羽の進学がきっかけだった。美羽の進学費用は牧子が準備していたが、都内の大学に通う前提だった。まさか札幌の大学に行くとは思っていなかった。学費のほか、アパート代や生活費まで出すのは厳しいとこぼしたところ、美羽は自ら元夫に会いに行き、資金援助をしてもらう約束を取り付けたのだ。以来、二人は時々連絡をとっているようだ。元夫は牧子にとっては他人だが、美羽にとっては父親だ。それでいいと今の牧子は思っている。

それはともかく、美羽が帰省できないのは残念だがしようがないと思いながら、その場でスマホに返信を打ち込んだ。

――分かった。じゃあ、夏休みを楽しみにしてる。忙しくても、ご飯はちゃんと食べるんだよ。

送信ボタンを押すと、牧子は再び歩き出した。

二週間後に始まる十連休はどうしよう。実家の両親はすでに亡い。兄夫婦とは気楽に行き来する関係ではなかった。誰かと遊びに出かける約束もない。もちろん休日出勤もない。そのうえ、アルコールを飲んで気を紛らわすこともできないなんて、考えただけでも憂鬱だ。今からでは、一人で旅行に出かけようとしても、宿や航空券の予約を取れないだろう。

甲州街道に出ると、作業着風の汚れた服を着た初老の男が、向こうからやってきた。缶チューハイを片手に歩いていた。牧子が愛飲しているストロング系のグレープフルーツ味だ。

すでに酔っぱらっているのか、男は千鳥足だった。何やらブツブツとつぶやいている。

男が足を止め、缶チューハイをあおった。口元を袖で拭い、盛大なげっぷをしたかと思うと、赤く充血した目で牧子をにらんだ。

「何見てるんだよ」

アルコールのにおいが鼻をかすめた。

たまらなく飲みたくなった。

自宅の最寄り駅、千歳烏山《ちとせからすやま》駅の北口を出ると、行きつけのスーパーに寄った。雑居ビルの地下にあり、野菜や魚が安くて新鮮だ。今の担当になる前は、午後九時の閉店時間に間に合わないことも多かったが、今は余裕で品定めができる。

とはいえ、一人暮らしでは凝った料理を作る気にもなれない。野菜と鶏肉《とりにく》を少々、それと総菜を何点か買い物かごに入れた。味噌《みそ》がなくなりそうだったのを思い出し、かごに追加する。

視界の端に酒類販売コーナーが映ったが、見ないようにしてまっすぐにレジに向かった。支払いをしながら、自分に勝ったと思った。

レジ袋を提げて商店街を北に向かって歩き出す。

甲州街道の少し手前に長い行列ができていた。立ち止まって様子をうかがう。チーズスフレの専門店が開店したようだ。これだけ人が集まっているということは、有名な店なのだろう。でも、甘いものはあまり好きではない。そのまま通り過ぎようとしたところ、おかしな男がいるのに気づいた。この肌寒さのなか、膝丈のパンツを穿《は》いているのだ。近所の人が部屋着のままちょっと外に出てきたという雰囲気ではなかった。しっかりした襟付きの上着を着ており、背負っている革製のリュックはたぶん高級品だ。

どういう人間だろうと思いながら様子をうかがうと、いきなり男と目が合った。思わず足を止める。優男《やさおとこ》風の顔立ちには見覚えがあったのだ。

相手も同じだったようだ。首を傾《かし》げて牧子を見ている。ふいに男がはじけるような笑顔を見せた。

「矢田医療電子の広報さんですよね。えぇっと若月さんだっけ？　お久しぶりです」

「あ、はい。えっと……」

うなずきながら、記憶を必死で手繰り寄せようとしたが、誰だったか思い出せない。焦っていると、男は自分を指さした。

「青島《あおしま》です。青島倫太郎《りんたろう》」

それでようやく思い出した。米国で活動している著名な医師だ。牧子は慌てて頭を下げた。

「失礼しました。その節はありがとうございました」

七年ぐらい前だろうか。牧子は、医療関係者向けに自社をPRするパンフレットの作成を任されていた。それに青島のインタビュー記事を掲載したのだ。学会で来日した彼にアポイントを取って会いに行った。取材や記事の執筆は外部のライターに依頼したが、牧子も取材に立ち会い、その後、当時の広報宣伝部長とともに食事をしたことを思い出した。その時は快活ではあるものの、いかにも切れ者という印象だったのに、今日はずいぶん雰囲気が違う。

「日本に戻られたんですか？」

「しばらく前に弟が実家の病院を継いだんです。今はそこで働いています」

青島はリュックを背中から下ろし、中から名刺入れを取り出した。牧子はレジ袋を肘にひっかけ、両手で名刺を受け取った。

──青島総合病院総合内科医師　青島倫太郎

思わず目を見張った。

なんとまあ。あの青島総合病院が実家なのか。

数年前、理事長の交代を機に院内改革に乗り出し、躍進を続けている民間病院だ。米国の一流大学のビジネススクールで学んだ若き新理事長は、「正確な診断とエビデンスに基づく適切な治療」をスローガンに掲げ、人事制度の改革、最新機器の導入などを矢継ぎ早に押し進めた。矢田医療電子の心電図モニターの最新機種を大量に導入してくれたお得意様でもある。

不可解なこともあった。話の流れからすると、青島倫太郎は理事長の兄だろう。なのに、ヒラの医者のようだ。

列が少し前に進んだ。青島は足を進めながら話を続けた。

「総合内科を標榜《ひょうぼう》していますが、実態は医療相談です」

目が悪いのに運転を止めようとしない高齢者の家族、婚約者に肥満遺伝子の検査を受けさせたい女性。そんな人々に医学的見地から助言をしているのだそうだ。

「自由診療ですが、初回はお試し価格の千円でや《や》ってます。患者さんやその家族には好評ですが、弟、いや、理事長に厄介者扱いされていてね。もっと流行《はや》ったら、少しは待遇がよくなるのかな」

そう言うと、青島は目を輝かせた。

「そうだ。またインタビューしてもらえませんか？　宣伝になると思うんです」

牧子は名刺を取り出した。

「実は担当が変わりまして。お力になれなくて申し訳ありません」

「それは残念」と言いながら青島は名刺を手に取った。

「社名も変わったんですね。アローデン……。矢を英語にして田んぼの田をデンと読ませたわけか。気が利いていますね」

正解だが、気が利いているなんてとんでもない。昨秋引退した創業社長が、社名に名を残すことに固執しただけだ。

いつの間にか青島の順番が迫っていた。別れの挨拶をするタイミングを計っていると、青島は振り返って店の看板を指さした。

「ここのスフレ、パリで評判なんです。一日でも早く食べてみたくて開店初日に来てしまいました。ご近所にお住まいでしたら、近いうちにぜひどうぞ」

「あ、はい」

「では、またお会いしましょう」

青島は朗らかに言うと、首を伸ばして店をのぞき込んだ。

2

翌日の朝、胃に軽い不快感を覚えて目覚めた。

時間を確認しようとサイドテーブルに手を伸ばし、スマホを手に取った。八時を過ぎていたが、今日は土曜で休日だ。予定もなかった。二度寝してもいいのだが、お腹《なか》が空《す》いていた。

ベッドから這《は》い出し、洗面所に向かう。むくんだ顔の女が鏡に映っていた。目の下にはうっすらと隈《くま》ができている。この冴《さ》えない感じは、たぶん加齢だけが理由ではない。

洗面と着替えを済ませると、キッチンに向かった。冷蔵庫からペットボトルの水を取り出し、コップに注いで一気に飲み干す。胃の不快感はそれで治まったが、シンクを横目で見ながら、苦い気持ちになった。

ロング缶が二本、ひっくり返した状態で置いてあった。グレープフルーツ味とピーチ味が一本ずつ。

昨夜、入浴した後、ソファに寝転がってテレビを見ていたところ、いつも飲んでいる缶チューハイのCMが流れた。

衝動を抑えられなかった。寝巻代わりのスウェット上下にパーカーを羽織ると、スマホを手にコンビニへ走っていた。一本だけにしようと思いながら家を出たのに、結局二本買ってしまった。そして全部飲んでしまった。

空き缶をスリッパの底で丁寧に潰し、缶専用のゴミ袋に入れた。袋が一杯になったので口をしばってベランダに出すと、朝食の準備を始めた。

目玉焼きを載せたご飯、フリーズドライの味噌汁、それと昨日総菜コーナーで買ったひじきの煮つけで朝食を済ませた。食欲は普通にある。頭痛もまったくしない。毎晩飲んでいても、朝はだいたいこんな調子だ。だから禁酒に真剣になれなかった。でも、いい加減、自分をごまかすのはやめよう。自分の飲酒行動には、問題がある。いっそのこと、今日にでも老医師のクリニックに行って検査を受けてみようか。どうせひどい数値が出る。そして叱られるだろう。そうしたら禁酒する気になるかもしれない。

食器を洗って水切りかごに伏せると、食器棚の引き出しを開け、カード類をまとめて入れてあるプラスチックのケースから診察券を取り出した。善は急げである。早速予約の電話を入れようと思ったのだ。しかし、スマホを手に取った瞬間、老医師の顔が脳裏に浮かんだ。

またもや冷たい視線を向けられ、叱られるのかと思うと、気持ちが怯《ひる》んだ。他のクリニックを探したほうがいいかもしれない。例えば、同年輩の女性医師だったら、あそこまで露骨に嫌な態度は取らないだろう。

スマホで近隣の医療機関を検索し始めたが、何かが違う気がして途中で止めた。優しい医者に検査をしてもらいたいわけではない。禁酒をしたいのだ。なのに、意志が薄弱なせいか、うまくいかない。

そのとき思った。あの青島に相談してみてはどうだろう。

奇抜な服装でスイーツ店の行列に並んでいたのには驚いたが、青島は優秀な医者だ。そして牧子には確信があった。青島は、礼儀というものを知っているはずだ。あの無礼な老医師のように、牧子を叱りつけはしないだろう。

青島総合病院を訪れるのは、初めてだった。要塞のような外観のビルである。そのわりに威圧感が少ないのは、緑豊かな丘陵地帯に位置しているからだろう。

総合内科は病院とは別の場所にあるようだ。名刺の裏に印刷された地図を見ながら病院の裏手に回る。そこは雑木林になっていた。コナラやクヌギが若々しい葉を茂らせている。砂利敷きの遊歩道が奥に向かって延びていた。

地図の矢印に従って遊歩道を歩き始める。あたりは静かだった。砂利を踏みしめるたび、足元でリズミカルに鳴る音が心地よかった。ヒヨドリの鳴き声が時折聞こえる。

昨夜の雨で湿った土が放つにおいは、心を鎮めてくれるようだ。身体《からだ》の悩みを抱えている人は、こういう場所に身を置くだけでも、多少は楽になるのかもしれない。

そんなことを考えながら歩いていると、雑木林の奥から上下ともに鮮やかなオレンジのナース服を着た小柄な女性が駆けてきた。

女性は笑顔を見せると、小動物のような丸い目を瞬《しばた》いた。

「一時から予約の若月さんですよね？」

「はい、そうですが」

「総合内科のナースで小泉《こいずみ》ミカと言います。予約の電話を受けたの、あたしです。迎えに来ました」

確かにさっき電話で聞いた声だ。でも、なぜわざわざ迎えに来たのか分からない。困惑していると、ミカがリスのような前歯を見せて笑った。

「ウチの建物、廃屋と間違われるほどボロなんです。初めての患者さんの何割かは建物を見て引き返しちゃうから。さあ、早く行きましょう。おいしいチーズスフレがあるんです」

いったいどういう場所で診察しているのだ。しかも、相談者を菓子でもてなそうというのか。自分の判断が間違いだったのではと不安になってきた。

ミカがひらりと踵を返した。身体を揺らしながら軽やかな足取りで歩き出す。少し迷ったが、牧子も後に続いた。

電車とバスを乗り継いでわざわざ出かけてきたのだ。それに、初回の料金は千円だと言っていた。頼りにならないと分かったら、適当に話を切り上げればいい。

緩やかなカーブを曲がると、ふいに目の前がぽっかり開け、西洋風の古めかしい家が現れた。板壁のペンキはところどころ剝げており、なるほど廃屋に見えなくもない。

玄関前のポーチで青島が手を振っていた。白衣の裾からソックスを履いた素脚が見えている。もはや驚きはなかった。ここはそういう場所なのだ。そして青島はそういう人間なのだ。

青島とミカの間に挟まれるようにして玄関を入ると、そこは待合室になっていた。壁を背にする形でベンチが据え付けられている。座面の布はつぎはぎだらけ。床板はささくれ立っている。昭和の半ば、あるいはもっと前の時代のものだろうか。

診察室というプレートがかかったドアを開くと、青島は牧子を中へうながした。細長い部屋だった。意外にも部屋の中には新しい家具や備品がありデスクには最新の電子カルテ用のモニターも載っていた。

勧められるまま、丸椅子に腰をかけると、青島は浮き浮きとした様子で言った。

「例のスフレをぜひ賞味してください。昨日、ひとつ食べたら絶品でした。口溶けのよさは、感動ものでしたよ」

青島はミカに折り畳みテーブルを広げるように言った。

「紅茶も頼むよ」と言いかけるのを首を横に振って制止する。スイーツの蘊蓄《うんちく》を聞きに来たわけではない。

「まずは話を聞いていただけますか」

青島はちょっと不満そうに唇を尖《とが》らせたものの、すぐに穏やかな笑みを浮かべて言った。

「では、話が終わってからティータイムにしましょう。相談内容については、ミカちゃんから聞きました。γ-GTPの値が高くて、かかりつけ医には禁酒するように言われた。でも、納得できないところもあるので、セカンドオピニオンがほしい。そんなところでしたっけ」

「その通りです」

自分の意志が弱くて、禁酒が続かないのが悩みだとまでは言えなかった。

用意してきた血液検査の結果表を鞄から出して手渡すと、青島はそれを手に取った。

「うーん、なかなかのものですねえ」

診察用のベッドに腰かけていたミカが立ち上がり、青島の背後から彼の手元をのぞき込む。

ミカに結果表を渡し、後でコピーを取るように指示すると、青島は牧子に向き直った。

「週に何日、どこでどんなお酒をどのぐらい飲みますか?」

「五日か六日。自宅で缶チューハイのロング缶を一本ぐらいです」

控えめに申告すると、ミカがいたずらっぽく笑った。

「ってことは、ほぼ毎晩。ロング缶を二本ってところですか。しかも、ストロング系だったりして」

図星ではある。でも、言い方がちょっと意地悪だ。黙っていると、青島が言った。

「よほど飲まなければ、他に病気がない限り、γ-GTPはそこまで上がりません」

牧子は肩を落とした。余計な見栄《みえ》を張るのではなかった。

「はい。ほぼ毎晩、ストロング系のロング缶を二本です」

正直に白状すると、ミカが得意そうに小鼻をうごめかした。この小娘、本気で腹が立つ。

経緯を尋ねられたので、今度はなるべく正直に話した。

娘が家を出て一人暮らしをするようになってから、夜の時間を持て余し、毎日のように家で晩酌する習慣ができた。仕事のストレスもあり、昨年の秋ごろから酔いやすくて気分がスカッとするストロング系の缶チューハイに切り替えた。

「近所のクリニックに行ったところ、大酒飲みだと非難されて、即刻禁酒を言い渡されました。でも、自分がアルコール依存症だとは思えないんです。アルコール依存症のチェックシートで自己診断すると、問題はあるけど依存症には至っていないという結果が出ます。実際、昼間から飲みたいとは思わないし、仕事に支障も出ていません。二日酔いにだって、滅多になりませんし」

青島はうなずくと、やや誤解があるようだと言った。

「まず若月さんが飲みすぎているのか、そうではないのか確認してみましょう」

現在の日本では、一日当たりの適度な飲酒量は、純アルコールに換算して二十グラム程度とされている。女性やお酒に弱い人は、さらに控えるのが望ましい。

青島はデスクから電卓を取り出してミカに渡すと、牧子に尋ねた。

「普段飲んでいるチューハイのアルコール度数は？」

「九パーセントです」

ミカはしばらく電卓を叩《たた》いていたかと思うと、顔を上げて言った。

「純アルコールの重量は、ロング缶一本で三十六グラム。二本で七十二グラムになります」

たった一本でも適正量を超えてしまうのか。血の気が引く思いだった。追い打ち、いや、とどめを刺されたようでもある。

ミカがいたずらっぽく笑った。

「大酒飲みで間違いないですね」

小娘に大酒飲み呼ばわりされるなんて。でも、自分の今の姿から目を逸《そ》らしていては、先に進めないのだろう。

「僕も近所のクリニックの先生と同じ意見です。若月さんは、一定期間禁酒するのが望ましい。少なくとも節酒は必要です。その後、再検査を受けましょう」

牧子は唇を嚙《か》んだ。

それが難しいから悩んでいるのだ。でも、そんなことを言ったら、いよいよバカにされるのではないか。いや、恥をさらしてでも、正直に自分の気持ちを打ち明け、禁酒を成功させる方法を指南してもらったほうがいいのだろうか……。

逡巡《しゅんじゅん》していると、ミカが座っていたベッドから滑り降りた。

「今日から禁酒スタートですね。おいしいスフレを食べて紅茶で乾杯しましょう」

歌うように言う。青島の顔に笑みが広がった。

「いいね。あのスフレは今年のスイーツ新顔大賞にランクインしてもおかしくないと思っています。ミカちゃん、早速用意して」

ふいに、やりきれなさがこみ上げた。何がスフレだ。何がスイーツだ。こっちは真剣に悩んでいるのに。

彼らとこれ以上話しても意味はない。この七年の間に何があったのか知らないが、青島は変わってしまったのだ。

静かに立ち上がると、二人に告げた。

「すみません、今日は時間がないのでこれで帰ります」

二度と来る気はない。でも、それをわざわざ口に出す必要はないだろう。

「初回の相談料は千円というお話でしたよね」

財布を取り出しながら言うと、青島が首を振った。

「途中までしか話ができていないのに、料金をもらうわけにはいきません。次回でかまいませんよ。もちろん千円で」

「いえ、そういうわけにはいきません」

牧子は財布から千円札を取り出すと、押し付けるようにミカに渡した。


その夜は自宅で夕食をとった後、近所にあるワインバーに出かけてみた。

青島たちから話を聞いて、ストロング系缶チューハイがかなり強い酒だというのは、よく分かった。禁酒か最低でも節酒が必要だというのも、その通りなのだろう。

ただ、それができる自信がなかった。夕食後、ソファに座ってテレビを見ていたら、昨日のように衝動的にコンビニに向かってしまいそうだ。そんなことになるぐらいなら、軽く飲んでほろ酔い加減で家に帰り、そのまま寝てしまったほうがいい。

土曜日ということもあり、店内は満席に近かった。一席だけ空いていたカウンター席に座り、本日のスパークリングワインと、つまみのオリーブを頼んだ。お通しのカナッペをつまみながら、グラスを口に運ぶ。

はっきり言って物足りなかった。喉ごしが弱い。味も弱い。すぐに重めの赤ワインに切り替えた。味は強いけど、渋くて好みではない。甘くて喉ごしがいいお酒が自分は好きなのだ。

残念な気持ちで赤ワインを飲みながら、膝に載せたサコッシュからスマホを取り出した。美羽にメッセージを送ろうと思ったのだ。一人で過ごす連休が不安だった。美羽が帰省できないのなら、自分が北海道に行けばいい。メッセージを送り終えると、コミュニケーションアプリに投稿があったという通知が出ていた。アプリを開いてみると、大学時代の級友で構成されるグループに立て続けに投稿があった。

読み始めると、すぐに重い気分になった。同じクラスだった男子の訃報だった。実家がある宮崎の病院で亡くなったそうだ。死因は肝硬変。何人かの級友が投稿したお悔やみの言葉から察するに、アルコール依存症になって肝臓を壊し、故郷で療養していたが、ついに死に至ったようだ。そういえば、酒癖のよくない人だった。最後に会ったのは十数年前の同窓会だ。そのときも、飲みすぎて潰れ、誰かが自宅まで送って行った。

胸がふさがるようだった。彼の死がショックなのはもちろん、他人事《ひとごと》とは思えなかったのだ。

いつの間にかグラスが空だった。カウンターにスマホを置き、オレンジジュースがベースの甘いロングカクテルを注文した。ワインバーとはいえ、簡単なカクテルなら作ってくれるのだ。

これで三杯目だ。カクテルを飲みながらうなだれた。自分は何をしているのだろう。ストロング系のロング缶ではないとはいえ、何杯も飲んだら節酒にはならない。

そのときスマホに着信があった。美羽からだった。

――ごめん、札幌に来てもらっても一緒に観光する時間は作れない。とにかく忙しいんだ。また今度にしてもらえないかな。

美羽が忙しければ、部屋に泊めてもらうだけにして、一人で観光しようと思っていたのだが、それも嫌なようだ。

返信する気になれず、スマホをカウンターに伏せた。

右隣の席で、カップルが顔を見合わせてクスクス笑いをしている。奥のテーブル席では、仕事仲間と思《おぼ》しきグループが大声でワインをボトルで追加した。

皆、楽しそうでうらやましい。頬杖《ほおづえ》をつき、カクテルを飲んでいると、左隣に座っていた恰幅《かっぷく》のいい男性が声をかけてきた。

「この店でそんなものを飲んでちゃいけませんよ。僕が飲んでいるこのワインがお勧めです。ワイン発祥の地、ジョージア産で状態も素晴らしいんです。一杯いかがですか？　ご馳走《ちそう》します」

膨らんだ鼻の孔《あな》から白髪交じりの鼻毛がのぞいていた。

「いえ、もう帰りますので」

カウンターの中にいるスタッフに声をかけると、財布を出した。支払いを済ませ、スツールから滑り降りると、低い声が聞こえた。

「寂しいババアがお高くとまってるんじゃないよ」

全身の血が凍るようだった。そそくさと店を出た瞬間、涙がにじんだ。

あんなおっさんの言うことなんか気にする必要はない。でも、自分でも思っていたのだ。なんて寂しいおばさんなんだろうと。

自意識過剰かもしれないが、周りの人がチラチラと向けてくる視線も気になった。一人で飲んでいる初老の女は、ああいう店にはふさわしくないのだ。少なくとも、自分はいたたまれない。

視界がぼやけていたが、かまわず歩いた。スニーカーの底からアスファルトの冷たさが伝わってくるようだ。

信号待ちをしているときだ。サコッシュの中でスマホが振動を始めた。音声通話の着信のようだ。

取り出して画面を見る。発信者の名前を見て驚いた。青島だった。

少し迷ったが、通話ボタンを押した。

「ああ、よかった、つながって。今、話せますか?」

「……はい」

「若月さん、もしかして飲んでませんか?」

図星だが余計なお世話である。黙っていると青島は続けた。

「昼間は申し訳ありませんでした。調子に乗りすぎました。スイーツの話になると、つい……。若月さんが気を悪くするのも当然です」

禁酒を勧めたとき、牧子の表情があまりにも悲愴《ひそう》感に満ちていた。もう少し気楽な雰囲気で話したほうがよさそうだと思い、ティータイムを設けようとした。それが裏目に出てしまったと言って、青島は謝罪した。

「二度と来てもらえないかもしれないと思いました。でも、それでは伝えたかったことを伝えられないままで終わってしまいます。なので迷惑だとは思いましたが、こうして電話をさせてもらいました」

青島はそこで言葉をいったん切った。話はまだ続きそうだ。牧子は歩道の端に寄った。それを待っていたかのように、青島がゆっくりとした口調で説明を始める。

「若月さんは大酒飲み、別の言葉で言うと多量飲酒という状態にあります。でも、自己診断結果が正しいならば、アルコール依存症ではないようです」

大酒飲みとアルコール依存症はイコールではない。別の問題だ。そこをまず理解してほしいと青島は言った。

そこでようやく自分の誤解に気づいた。

老医師は大酒飲みだと言って牧子を非難した。でも、アルコール依存症だとは言われていない。

青島が言うように、自分は両者を区別できていなかった。だから、ネットで自己診断をして、「依存症には至っていない」という結果が出たとき、「それみたことか。なんであそこまで言われなければならないんだ」と勝手に腹を立てていた。禁酒についても、絶対に必要だとまでは思えなかったのだ。

青島は続けた。

「ただし、多量飲酒を続けると、そのうち依存症に陥るリスクがあります。問題はそれだけではありません。がん、生活習慣病などのリスクがどんどん上がっていきます。ですから、禁酒、少なくとも節酒が必要です」

今度こそ完全に理解した。ただ、結局のところ問題はその先だ。今度こそ、恥をしのんで、意志が弱くて禁酒できないのだと打ち明けようか。

迷っていると青島は言った。

「若月さんは、アルコールそのものというより、家で一人で強い酒を飲む習慣を止められないのでは？」

あっと思った。自分が漠然と考えていたのは、まさにそういうことだった。

「私もそんな気がしました。それで外で飲んでみようと思って」

さっきまでワインバーで飲んでいたのだと言うと、青島が明るい声を出した。

「それ、いいアイデアです」

夜な夜な店で飲んだら経済的に大変なことになる。人目があるから深酒もしにくい。その結果として無理なく節酒できるのではないか、と青島は言った。

「私もそう思ったんですが、女が一人で飲んでいると、おもしろくないこともあるんです。飲みたいと思ったときに気軽に付き合ってくれる相手もいませんし」

牧子は覚悟を決めた。自分には無駄な見栄やプライドがある。自意識過剰なところもある。それらに囚《とら》われていては前に進めないのだ。

「お恥ずかしい話ですが、私は意志が弱いようです。一人で外で飲んでいると、周りの目も気になります。でも、禁酒、節酒が必要だと本気で思っています。何か他にいい方法はないでしょうか」

勢い込んで言ったのが恥ずかしくなるぐらい、青島のテンションは変わらなかった。

「ちょうどよかった。実は提案があるんです。禁煙マラソンをご存じですか？」

メール、メッセージ機能など双方向の通信手段を使った禁煙法だそうだ。禁煙にチャレンジする人たちは、互いに励ましあったり、医療関係者らのサポートを受けたりしながら、禁煙というゴールを目指す。

「見守っている人がいると、挫折しにくいようなんです」

サポート役はミカが務めると青島は言った。

「ミカちゃんも、昼間の態度を猛省していました。明るい雰囲気を作ろうとしたけど、若月さんの気持ちを考えていなかった、申し訳ないと言っていました。そのお詫《わ》びに、まずは一か月、サポートさせてほしいそうです。チャレンジしてみませんか？『禁酒マラソン』に」

すぐには返事できなかった。効果があるとは思えなかったのだ。メッセージをやり取りすることになんの意味があるのだ。飲んでいても、「飲んでいません」と書き込めば、サポート役には分からない。

でも、他に方法も思いつかなかった。それに、ここで断ったら、青島とミカを許さないと表明するようなものだ。彼らに悪気がなかったのが分かった以上、そこまでの気持ちはなかった。

「よろしくお願いします」と言うと、青島はほっとしたように息を吐いた。

3

——こんばんは。今日も今のところ飲んでいません。

決められた通り、午後九時にミカにメッセージを送った。すぐに返信が来た。

——素晴らしいです。禁酒を始めて二週間。身体が慣れるまでもう一息ですよ。

かわいらしい絵文字がちりばめられているのがなんとなく癇《かん》に障る。意地悪をしてみたくなった。

——でも、飲みたいは飲みたいんです。もうギリギリかも。

嘘《うそ》ではない。昨日から大型連休に入ったというのに、予定は何一つ入っていなかった。昼間はまだいい。今日は新宿の百貨店でウィンドーショッピングを楽しんだ。でも、夜はダメだ。強い酒を飲んでやり過ごしたい気持ちが膨れ上がってくる。

毎晩のように札幌にいる美羽に電話しているが、滅多につながらなかった。何かあったのではと心配になるから必ず折り返してとメッセージを送ったら、翌日から毎朝「おはよう」のスタンプが送られてくるようになった。

再びミカから着信があった。

──うーん、そうですか。では、どうしようもないと思ったら、連絡をください。先生に報告して外で飲む許可をもらいます。なんならあたしが付き合います。とにかく家で一人で飲まないでください。振り出しに戻ってしまいますよ。

──分かりました。

スマホをテーブルに置くと、牧子はソファの上で横座りをした。

始める前は、懐疑的だった禁酒マラソンだが、二週間も禁酒が続いている。思った以上に効果があるようだ。ミカの励ましの言葉が胸に響くからではない。別の理由があった。ミカは美羽とたいして年が変わらない。そんな小娘が自分の時間を削って付き合ってくれているのだ。嘘をついてまで飲めない。飲んだら自分がみじめになるだけだ。

牧子はテレビのリモコンに手を伸ばした。

今日の昼、暇潰しにいいかもしれないと思い、業者を呼んでケーブルテレビの受信機を設置してもらったのだ。

リモコンでチャンネルをザッピングしていく。このCATV会社はスポーツチャンネルが充実しているようだ。牧子が観《み》たいスポーツ中継といえば、夏のオリンピックぐらいなのだが……。

ふいにザッピングの手を止めた。画面に映る巨漢に見覚えがあった。

男は数年前に東京都多摩《こま》地区に誕生した新しいプロ野球チーム、多摩ファルコンズのユニフォームに身を包んでいた。試合後のインタビューを受けているようだ。金茶色の髪を肩まで伸ばし、泥棒髭《ひげ》を生やしているが、年齢からみてたぶん監督だ。引退したプロレスラーみたいな風貌だなと思いながら見ていると、男は鋭い眼光を画面越しに送ってきた。

「あそこでバント？　冗談じゃない。真っ向勝負に決まってる」

――えっ？　ちょっと待って。

男は舌の先で上唇の端を素早く舐《な》めた。そのしぐさに見覚えがあった。

牧子は横座りを正座に変えた。息を詰めて画面を注視していると男が吠《ほ》えた。

「ベストを尽くす。勝敗は時の運！　三振かホームラン。それでいいんだ」

思わず声が出た。

「ハマタク！」

西浜卓司《にしはまたくじ》。両リーグ合わせて三球団を渡り歩き、百九十八勝を挙げた本格派左腕だ。精悍《せいかん》だったかつての面影はどこにもない。でも、あの眼光、何よりあの台詞《せりふ》。間違いなくハマタクだ。

中継はそこで終わった。カップラーメンのＣＭが画面に流れ始める。

そうか、ファルコンズで監督をやっているのか。弱小球団とはいえ、監督に抜擢《ばってき》されるなんて、すごいじゃないか。監督はチームを勝利に導くのが使命である。ハマタクの性格では、絶対に務まらないと思っていた。

テレビの電源を落とす。懐かしさがじんわりこみ上げた。

高校から大学にかけてのおよそ五年間、牧子はハマタクの大ファンだった。長身から繰り出す球速百五十キロ台のストレートと落差の大きなフォークボールを武器に三振の山を築く投手だった。

現在の姿からは想像もつかない精悍なルックスも魅力だったが、何より好きだったのは勝負へのこだわりだ。敬遠を極端に嫌い、どんな相手にも、どんなピンチでも真っ向勝負を挑んだ。そのくせ、打たれても淡々としているのが格好良かった。

大学時代は、同じクラスの女子と球場通いをした。彼女はハマタクと同じ球団の遊撃手のファンだった。春休みを利用して二人で高知までキャンプの見学にも行った。あのとき、色紙にもらったサインに、ハマタクは「勝敗は時の運」と書いてくれた。捨てた記憶はないから、今でもこの家のどこかにあるはずだ。

ハマタクに倣って大学受験も就職にも果敢に挑戦したが、第一志望にはことごとく落ちた。でも悔いはなかった。それでいいんだと自分に言い聞かせた。

あんなに夢中だったくせに、就職後、ハマタクは牧子の生活から急速に遠ざかっていった。入社して最初に配属されたのは営業部。夜は接待に駆り出されることも多く、プロ野球は土日にテレビ観戦するぐらいになった。結婚して美羽が生まれてからは、その機会すらほとんどなくなった。ちょうどその頃、ハマタクは首脳陣と衝突して、関西の球団にトレードに出された。興味はさらに薄れた。

ハマタクの引退は、通勤中、目の前に座っている乗客が読んでいたスポーツ新聞の記事で知った。関西の球団を自由契約になった後、スズメの涙ほどの年俸で首都圏の球団に拾ってもらい、二百勝を目指したが、あと二勝を残しての引退だった。ちょうど十年前のことだ。その頃牧子は元夫と離婚の話し合いをしており、感慨を抱く間もなかった。

以来、ハマタクの存在をほぼ忘れていた。引退してからファルコンズの監督に収まるまでの間、どこで何をしていたのだろう。元アナウンサーの奥さんと今も仲良く暮らしているのだろうか。

早速、スマホで検索してみたところ、引退した翌年から三年間、東南アジアの小国の少年野球チームでコーチをしていたと分かった。妻子を残しての単身赴任でボランティアのようなものだったそうだ。その間に夫人が不倫。すったもんだの挙句、離婚に至った。子どもの親権は夫人がとった。ハマタクのほうは、その後海外時代に知り合った現地の若い女性と再婚し、現在三歳になる息子がいるという。

帰国後は、独立リーグの球団でコーチをしていたようだ。ファルコンズの監督に就任したのは今年の春。開幕を目前に控えた三月中旬、前監督が傷害事件を起こして辞任した。球団は慌てて次の監督を探したが、声をかけた候補者に軒並み断られた。開幕前日になって、ようやくハマタクが監督に決まったという。

チームは開幕からいきなり六連敗。四月末の時点で借金がすでに八つあり、最下位を独走中だが、ファルコンズの本拠地、多摩ドームの観客動員数は前年より増えているそうだ。

波乱万丈だ。ハマタク人気がその原動力だとスポーツ新聞は分析している。

でも、ハマタクらしくもあると思いながらニヤニヤしていたら、なんだか涙が出てきた。

ハマタクのファンだった頃から三十年もの月日が過ぎた。自分にもいろんなことがあった。ハマタクほどではないが、平坦《へいたん》な道では決してなかった。

もがきながら前に進むうちに、自分は変わった。全力を尽くしても叶《かな》わないことがあると身をもって知った。勝敗は時の運だと開き直る強さも失った。

代わりに身につけたのは、合理的な思考法や、仕方がないと物事を受け流す大人の態度だ。そのおかげで、社会人として、シングルマザーとして今日までなんとかやってこられたとも言える。

三十年前の自分に戻りたいとは思わない。あの頃の自分は、ただの子どもだ。でも、損得を計算したり、周りの反応をうかがったりせず、果敢に物事に挑戦していた。当時の自分に会ってみたかった。たぶん、今より目がキラキラしている。

それが叶わないなら、ハマタクに会いたい。

ハマタクも変わったはずだ。なのに、今も「勝負は時の運」と吠えている。

スマホに着信があった。再びミカからだ。

さっきギリギリだなんて書いて送ってしまった。心配してくれているのかもしれない。早速開いてみると、想像した通りだった。

――先生に相談しました。そうしたら、禁酒マラソンにも休憩が必要だって。明日あたり、気分転換のために外で飲みに行きませんか？ 付き合います。

さすがにそこまでは甘えられない。でも、ちょっと飲みたくはあった。家でストロング系を飲まなければ、前みたいに酒浸りにはならない自信がある。とはいえ、一人で飲みに行って、先日のように嫌な思いをしたくない。自意識過剰だと分かっていても、周囲の目も気になる。

そのとき、ふと思った。球場でビールを飲む、というのはどうだろう。観客は、グラウンドの選手たちに注目している。客席にいるおばさんが一人で飲んでいたって、なんとも思わないはずだ。

それに球場に行けば、ハマタクに会える。厳密に言えば、遠目で見るだけではあるのだが……。

スマホの画面を切り替え、ファルコンズのホームページを検索した。試合日程のページを開く。明日は移動日だが、明後日《あさって》からホームである多摩ドームで、首位チームとの三連戦が始まる。

チケットの販売状況を確認してみた。二戦目はまだ若干余裕があるようだ。

早速ミカにメッセージを送る。

——三日後に多摩ドームでビールを飲もうと思います。ファルコンズの試合を観たいし、球場なら一人で飲んでいても、悪目立ちしないと思うので。

即レスが来た。

——球場でビール！　最高ですね！　野球、よく観に行くんですか？

絵文字がいくつも入っていたが、前みたいにイラッとはしなかった。

——球場に行くのは三十年ぶりぐらい。一人では初めてだから不安ですけど。

——だったらSNSで観戦仲間を作るとか？　あたしの母はアイドルグループのファンとSNSでつながって、一緒にライブに行ったりしてますよ。一人で行くにしても、事前にどんな感じか、詳しい人に聞けると思います。

SNSか。なるほどとは思ったが、抵抗もあった。個人情報が漏れたり、炎上騒ぎといったトラブルに巻き込まれたくない。ただ、ミカが言うように、同好の士を探すツールとして、SNSはたぶん有効だ。慎重に使えば、案外便利なものかもしれない。

——ありがとうございます。ちょっと調べてみます。

——楽しんできてください。

ピースマークのスタンプを返すと、牧子はスマホをテーブルに置き、ソファから腰を上げた。

多摩ドーム前駅に向かう電車は、ユニフォーム姿の乗客が目立った。

今どきのプロ野球ファンは、ひいきのチームのユニフォームを着用して応援するようだ。背番号が入ったTシャツを着ている人もいる。

ファルコンズのチームカラーを意識して、深緑色のパーカーを着てきた。一応ファンらしく装ったつもりだが、ユニフォーム組の前ではただの人にしか見えなくて残念だ。

家族連れやカップルが目立ったが、注意して周りを見ると、一人の人も多かった。しかも、中高年だ。スポーツ新聞によると、ハマタク世代と呼ばれているファンだろう。

そわそわしているうちに、電車は目的地についた。人の波に押されるように改札口を出る。

目の前に巨大な建造物があった。五月の日差しを受けて白銀色に輝いている。天井のカーブはどら焼きみたいな形をしている。

　これが多摩ドームか。

　ユニフォームを着た人たちは、改札の右手にある入場口へと足早に向かう。牧子は改札の真正面にある広場へ向かった。広場の中心にはハマタクを中心に、左右に三人ずつの選手が並んだ大型パネルがデンと据えられていた。今日の日付と対戦相手が書かれており、何人かのファンは、その前で記念撮影をしている。

　少し離れた場所で、周囲の様子をうかがっていると、背後から声をかけられた。

「もしかして、マッキーさん？」

　振り返ると、スラッとした男の子が立っていた。年は二十歳《はたち》前後だろう。男の子はくるっと身体を回すと、着ていたユニフォームの背中を見せた。背番号は99。NISHIHAMAと名前も入っている。

　再び身体を反転させると言った。

「ヒロです。今日はよろしくお願いします」

「こちらこそ」

　あまりに若いのでちょっと驚いた。ハマタクファンだというから、同年代か少し上だろうと思っていたのだ。

　ヒロの顔に笑みが広がった。背伸びをしながら、大きく手を振る。

「キムさん、こっち、こっち」

振り返ると、小柄な男と目が合った。老人と言っていい年齢に見えるが、足取りはしっかりしている。こちらも背番号99のユニフォームを着用している。

一昨日《おととい》、SNSに大学時代のニックネーム、「マッキー」でアカウントを作った。早速、「ハマタク」、「ファルコンズ」といったキーワードで検索をかけてみた。何百ものアカウントが引っかかった。やはり同好の士はいるのだ。

彼らとつながるための第一歩として、プロフィール欄を埋めることにした。

――ハマタクファンです。プロ野球観戦から長年遠ざかっていましたが、今日からファルコンズを応援します。

プロフィールの写真には、納戸の一番奥にあった段ボール箱から引っ張り出した例のサイン色紙を使った。ハマタクファンにとっては垂涎《すいぜん》の的だろうと思ったからだ。

色紙の効果はてきめんだった。何人かとやり取りをした後、「久々に観戦に行きたいけど、要領が分からない」と投稿したら、キムさんからダイレクトメッセージが届いた。

――明日の試合ですが、観戦仲間の一人が急に都合が悪くなり、チケットが余っています。よろしければ一緒にどうですか。マッキーさんが何度かやり取りしているハマタクファンのヒロくんと僕の三人並びの席になります。こちらからお願いしているので、チケット代は定価の半額でかまいません。

キムさんもヒロも、おそらく男性だ。でも、二人ともやり取りをしていて、不快なところはなかった。そもそも球場はオープンスペースだ。そこまで心配する必要はないと思い、「ぜひよろしくお願いします」と返信を送ったのだった。

牧子はキムさんに頭を下げた。

「初めまして、ええっと、あの、私はマキコ、いえ、マッキー……」

老人は顔をくしゃくしゃにして笑った。

「マッキー、すごいな。今度、色紙の現物を見せてよ」

ヒロがうなずく。

「僕にもぜひ。ハマタクのサイン色紙は超レアですよ。座右の銘まで入ってるからネットオークションに出したら、かなりの値段がつくと思うなあ」

ハマタクは、ボール、キャップなどへのサインは快く応じてくれるが、色紙には原則サインしないのだ。

「ちなみに、どうやってもらったんだい？」

高知キャンプに見学に行った際、牧子もボールにサインをもらおうとした。だが、緊張で手が滑ってボールを落としてしまったのだ。ボールは転がり、近くの水たまりの中で止まった。

呆然《ぼうぜん》としていると一緒にいた二人だったが鞄から色紙を取り出し、必死の形相でハマタクにサインをお願いしてくれたのだ。さすがにかわいそうだと思ったのだろう。ハマタクは色紙にサインをくれた。

そのときの話をすると、キムさんは金属のかぶせものをした犬歯を見せて笑った。
「ハマタクはそういう男だよ。こだわりはあるけど、人の気持ちは分かる。ってことで、そろそろ席に移動しようか」

初対面の人と話すのは緊張する。でも、共通の話題があればなんとかなるんだなと思いながら、牧子は二人の後について歩き出した。

キムさんが取っていたのは、ファルコンズのベンチがある一塁側の内野席だった。位置としてはベンチのちょうど上。中ほどの段である。この席で一般料金が四千八百円か。次回以降、一人で来るなら、もう少し安い席でも自分はかまわない。

席につくと、ヒロはナップザックから何枚ものタオルを取り出した。選手の名前やイラストがプリントされている。
「それ、どうするんですか?」

タオルで汗を拭わなければならないような陽気ではなかった。

ヒロは驚いたように目を見開いたかと思うと、さわやかに笑った。
「マッキーさん、本当に久しぶりなんですね。今はみんなこういうの、持ってますよ」

　タオルを広げて見せてくれる。

　バッターが打席に入るときや、ピンチ、チャンス、回の合間などに掲げて応援するのだという。

「こういうのもあります」と言うと、ヒロは白地のタオルを取り出した。

　深緑色の文字で「HAMATAKU」と書いてある。似顔絵も描かれており、なかなか気が利いている。

「試合が始まる前に、監督がメンバー表を交換するじゃないですか。その後、ハマタクがキャップを取ってスタンドに向かって挨拶します。そのときにこれをみんなで掲げて、ハマタクって呼ぶんです。そうしたらハマタクが……」

　なんと返すかは、そのときのお楽しみだとヒロは言った。

　そんなの決まってる。同じタオルがほしいと思った。そうと察したのだろう。ヒロがスコアボードの時計を確認した後、言った。

「まだ間に合うと思います。入り口近くにショップがあったでしょ。二千三百円だったかな」

　高いと思ったが、ファン相手のグッズである。高くてもみんな買うのだろう。

「ちょっと行ってきます」

階段を駆け上り、ショップへ向かう。

途中、チューハイを売っている店があった。横目で見ながら牧子はショップへと急いだ。

4

札幌で人気のチョコレートショップと、自宅の近くで買ってきたチーズスフレ専門店の袋を渡すと青島の目が輝いた。

「いいんですか？　こんな素敵なスイーツを二種類も」

「チーズスフレはお好きなようだったので。チョコは、札幌旅行のお土産です」

先週夏休みを取って北海道の球場に遠征してきたのだ。キムさんと三人の観戦仲間が一緒だった。

キムさんたちは札幌市内にホテルを取ったが、牧子は美羽の部屋に泊まらせてもらった。夏休みも帰省は難しいと言うので、自分から会いに行こうと思ったのだ。

美羽には、夕食をとった店まで迎えに来てもらったのだが、ユニフォーム姿なのを見て、仰天していた。それでも、母が友人たちと観戦旅行を楽しんでいるのを知って嬉《うれ》しそうだった。

一人の時間を持て余していた頃、毎晩のように美羽と連絡を取ろうとしていた。美羽にしてみれば、鬱陶しかったに違いない。

青島は大切そうに二つの袋を受け取った。

「ミカちゃん、アイスティーをいれてくれるかな」

「はーい」

ミカが軽やかな足取りで処置室の中に消えた。処置室にはシンクと水道があるほか、湯沸かしポット、オーブン機能つきの電子レンジなどがそろっている。

折り畳み式のテーブルを広げながら、青島が軽く頭を下げる。

「わざわざ報告に来ていただいて、ありがとうございます」

牧子は首を横に振った。

「こちらこそ、本当にお世話になりました。おかげさまで、肝臓の数値もすっかりよくなりました」

昨日、老医師のクリニックに、血液検査の結果を聞きに行った。γ－GTPは三十まで下がっていた。ギリギリではあるが基準値の範囲内である。

「結構」と老医師に言われ、ほっとしたが、検査を受ける前から大丈夫だろうと思っていた。三か月ほど前にこの場所を訪ねてから、家では一滴も飲んでいない。ストロング系とはきれいさっぱり縁を切った。

外で飲むのも、月に二、三度のペースで通っている多摩ドームか、たまに同僚と誘い合わせて会社帰りにビールを飲むときぐらいだ。どちらの場合も、三杯で止めると決めていた。

同僚に誘われるようになった理由は単純だ。部長の筒井との間にあったわだかまりが小さくなったからだ。その理由はもっと単純だ。

ある日、会社の給湯室でファルコンズのロゴが付いたマグカップを水切りかごに伏せていると、「おおっ」という声が背後で聞こえた。振り返ると、筒井が鳩尾《みぞおち》のあたりを手で押さえていた。

「どうかしましたか?」と声をかけたところ、苦虫を嚙み潰したような表情を浮かべながら手をずらした。現れたのは、ファルコンズのロゴ入りのタイピンだった。

以来、昼休みや終業後に顔を合わせると、ファルコンズの試合結果やハマタクの采配について言葉を交わすようになった。反目はしていたが、ファルコンズについて語れる相手はお互い貴重だった。

ハマタクが初めてバントを命じた試合の翌日には、終業後、談話スペースで激論になった。

牧子としては、バントは当然だと思った。同点の八回、ノーアウト一塁のチャンス。主な代打は使ってしまっており、この日三振三つのキャッチャーをそのまま打席に送るしかない場面だった。

野球は勝たなければならない。信条にこだわりすぎるのは考えものだ。ファンが喜ぶからといって、「ベストを尽くす。勝敗は時の運!」と叫んでいればいいわけではない。

筒井の考えは違った。そういうときこそ真っ向勝負をするのがファルコンズの野球だというのだ。チームはファンに支えられている。ファンの期待に応える義務があるという。

賛同はできない。でも、言いたいことは分かると牧子は言った。筒井は、自分も同じだと言った。

二人でうなずきあいながら悟った。意見の相違はあっても、筒井は敵ではない。アローデン広報宣伝部というチームで一緒に戦うメンバーだ。筒井も同じように感じてくれたのだろう。その日以来、おちょくるような口調で女史と呼ぶことはなくなった。

処置室からミカが顔を出した。

「先生、お皿、出してもらってもいいですか?」

「オッケー。ちょっと待って」

いそいそと青島が席を立つ。手伝おうかなと思ったとき、スマホに着信があった。音声通話だ。発信者の名前を見て驚いた。朝田路子《あさだみちこ》。大学時代、一緒に野球観戦に行っていた同期の女子だった。

路子から連絡が来るのは十年ぶりだ。いや、正確に言うと、そうではない。路子からはその後も何度か電話やメールが来た。牧子はそのすべてを無視したのだ。数年後、連絡が途絶え、二人の仲は終わった。

今になって、どうしたのだろう。

処置室の様子をうかがった。準備にはまだ時間がかかるようだ。牧子は診察室を出て、待合室に入った。座面がつぎはぎだらけのベンチに座って、通話ボタンを押す。

「……マッキー？」

ささやくような声が回線の向こうから聞こえた。

「うん。久しぶり。どうしたの？」

「あ、うん……。二週間ぐらい前かな。テレビでファルコンズ戦をやってたんだ。そうしたら、マッキーが……」

牧子は思わず苦笑いした。

その日は、キムさん、ヒロとヒロの彼女、それに初対面の二人を加えた総勢六人で前後の席に固まって座っていた。

試合の終盤、微妙な判定があり、ハマタクが審判に猛抗議をした。ハマタクを後押ししようと六人そろってハマタクタオルを掲げて騒いでいたところをテレビカメラに抜かれてしまった。

路子、いや、ミッチーはその場面を画面越しに目撃したようだ。

「実は、またハマタクの応援にはまっちゃって。外見はずいぶん変わったけど」

「そうなんだね」

「ミッチーは、今も野球を観てる？」

「テレビで観るぐらいだけど、今も好きだよ」

ならばと思い、思い切って言ってみた。

「今度、多摩ドームに一緒に行かない？」

路子はしばらく絶句していた。やがて震える声で言った。

「いいの？」

牧子はスマホを握りしめた。胸に苦いものがこみ上げてくる。

「もちろんいいよ。っていうか、ごめん。あの後、何度も連絡をくれたのに、ずっと無視して……。ひどいことしたと思ってる」

「そんなことない。ひどいことを言ったのは私だもの」

確かにあのときの路子の言葉はきつかった。

十年前、夫の不倫相手が妊娠した。散々悩んだが、牧子は美羽と二人で生きていこうと決めた。離婚後、顚末《てんまつ》を報告したとき、路子は言ったのだ。

――浮気ならともかく、そこまでいったのは、マッキーにも原因があったからかもね。

耳を疑った。不倫なんてするほうが悪いに決まっている。

今でも考えは変わらない。でもこんなふうにも思うのだ。長年の親友と絶交するほど腹が立ったのは、心のどこかで自分もそう思っていたからかもしれない。あの頃の自分は、仕事と子育ての両立に必死で夫は二の次だった。夫の雑なところが気になって子育てに参加させるのにも消極的だった。だからといって、不倫するなんて元夫は最低だ。でも、もしあの頃の自分に声をかけられるとするなら、何もかも一人で抱え込むなと言いたい。夫ともっと話し合えと伝えたい。

いずれにしても、過去のことだ。離婚しシングルマザーとして自分はベストを尽くしてきた。それでいいのだ。

観戦に行く日の候補を後でメールで送ると告げて、電話を切った。

これでまた新しいつながりができた。つながりが復活したと言うべきか。

この十年、路子と顔を合わせるのが嫌で、大学時代の仲間の集まりからも遠ざかっていた。次の同窓会には出席してみよう。

一人で部屋でストロング系缶チューハイを飲んでいた頃には、こんな日が来るなんて想像もしなかった。でも、人は変わるのだ。あのハマタクだって、バントを命じている。

診察室に戻ると、すっかりテーブルにお茶の用意ができていた。ミカが明るく言った。

「早く座ってください。先生、待ちきれないようだから」

青島が照れたように笑っていた。

アンチスイーツ

1

国内最大の農業機械展示会、アグリテックNIPPONは、最終日の今日も盛況だった。会場である東京ビッグサイトの東展示棟には国内外のメーカーのブースが所狭しと並び、各社の担当者たちが来場者に自社製品を売り込んでいる。

とりわけ人気を集めているのが、AIを駆使した機械だった。無人田植え機、自動収穫ロボット、農薬散布に使うドローンなどである。

川野哲也《かわのてつや》が所属する業界大手の脇田《わきた》農機でも一番人気の展示品は、レタスやキャベツの苗の植え付けに使う無人型全自動野菜移植機「ウエル君」だった。GPSを利用して自動走行するトラクターに、人間顔負けのソフトタッチで作業ができるロボットアームを組み合わせたもので、八王子市にある脇田の技術研究所が総力を上げて開発した。

展示会初日、業界紙の一面で「葉物《はもの》農家の未来の救世主」として大きく取り上げられた影響もあるのだろう。実際に見ながら説明を聞きたいという来場者が引きも切らず押し寄せ、説明を担当する哲也は、この三日間トイレ休憩もろくに取れないほどの忙しさだった。

ただし、成約は現時点でゼロである。具体的な商談にすらこぎつけられていなかった。そのことで昨日、営業部長の宍戸《しし ど》にしつこく嫌みを言われたが、売れないのには明白な理由がある。二千万円を超える高価格がネックになっているのだ。実際問題、広大な農地を持つ農業法人でもなければ、導入しても採算は取れないだろう。

だからといって、意味のない製品だとは思わない。脇田農機は技術力を武器に売上高で業界国内三位にまでのし上がってきた。ウエル君は、自社の技術力の高さを体現する存在だ。そして開発過程で生まれた要素技術の数々は、今後発売する量産型の機械に生かされる。

哲也としても、ウエル君には思い入れがあった。哲也は元技術者だ。去年まで技術研究所でロボットアームのセンサーの開発に携わっていた。

説明を熱心に聞き、的確な質問をしてくれた農協職員を送り出すと、哲也は腕時計を見た。すでに三時を過ぎていた。空腹で胃が痛かった。朝から立ちっぱなしだったので、脚や腰も悲鳴を上げている。終了時間は四時半だが、それまで休憩なしで来場者の対応を続けるのは難しそうだ。

哲也は、受付デスクの脇で暇そうに立っている槙原祥子《まきはらしょうこ》に声をかけた。

「槙原さん、ちょっといい？」

ウエル君のサブ担当を務めている槙原は、長い髪をかきあげながら哲也を見た。入社二年目の若手である。美形だが、驚くほどのマイペース人間だ。今日も昼休みはきっちり一時間とった。

「昼飯に出たいんだ。しばらく一人で大丈夫かな。なるべく早く戻るようにする」

槙原はそっけなくうなずくと、ピンクベージュのネイルを施した指先を顔の横でひらひらと動かした。

「どうぞごゆっくり」

その自信と余裕はどこから来るのだ。この三日間、槙原がした仕事といえば、来場者にパンフレットとノベルティのボールペンを渡すぐらいである。さっきの農協職員みたいな来場者が現れたら、立ち往生するに決まっている。いや、そうでもないかもしれない。宍戸は彼女を「若いのに肝が据わっている」と言って高く評価している。

哲也は胃痛に顔をしかめながら、およそ六時間ぶりにブースを離れた。


会場に一番近いフードコートに入り、醬油《しょうゆ》ラーメンを注文した。

香り高い醬油と濃厚な脂が入り混じったにおいが食欲を刺激した。

二人掛けの席を確保した後、ウォーターサーバーでコップに水を汲《く》んできた。割り箸を割ったところでスマートフォンに着信があった。宍戸からだった。

宍戸は今日は別件の商談があって会場には来ない予定だ。なんの用だろうと思いながら出ると、怒りを押し殺すような低い声が聞こえてきた。

「どこにいるんだ。すぐに戻ってこい」

どうも宍戸はブースにいるようだ。

「来客ですか？」

「商談で会ってた客が、ウエル君に興味を示したから、無理やり引っ張ってきたんだ。今、動画を見てもらってる」

その客の名を聞き、顔から血の気が引く思いだった。国内最大規模の農業法人のトップ。政府の農業関連審議会でＡＩ農業推進の旗振り役も務めている。ウエル君を購入する動機も財力も十分だ。

そんな大物を連れてくるなら、事前に連絡してほしかったが、文句を言っている場合ではない。

「すぐに戻ります」

電話を切ろうとしたが、その前に宍戸が言った。

「ロッカーに寄って、ウエル君のパンフを取ってきてくれ」

「受付にあるはずですが」

「五分前に最後の一部がなくなった。槙原がそう言ってる」

そんなはずはない。昨日の帰り際、足りなくなりそうだと思ったので、槙原に補充するよう指示をした。今朝、会場入りする前に会社に寄って追加の二百部を持ってきたはずだ。ないというなら槙原が指示を忘れたか無視したのだろう。

「とにかくすぐにそっちへ向かいます」

「ないのか。まいったなあ」

宍戸はわざとらしいため息をつくと電話を切った。

哲也の全身が強張《こわば》った。口の中はカラカラだ。コップの水を一息で飲み干すと、スマホを上着のポケットにしまい、醬油ラーメンが載ったトレーを持って立ち上がる。

その瞬間、目の前が揺れた。最近、時々見舞われるようになった眩暈《めまい》である。あっと思ったときには遅かった。トレーが手から滑り落ちた。幸い、食器はどれもプラスチック製だった。割れはしなかったが、ほぼ手つかずだった麺やチャーシューが無惨に床に散らばった。腿《もも》の付け根に痛みが走った。熱々のラーメンの汁がかかったのだ。

ハンカチを出して拭いたが、シミが薄くなる様子はなかった。

みじめな気持ちを押し殺して食器を拾っていると、胸のあたりに重苦しいものがせりあがってきた。こんな会社、もう嫌だ。

フードコートのスタッフが近づいてきた。茶髪のバイト青年だ。

「大丈夫すか？」

歯を食いしばり、うなずくのが精一杯だった。

羽田の住宅街にある自宅マンションのドアの前で深呼吸をした。鍵を開け、口角を上げると、勢いよくドアを引く。

「ただいま」

廊下の奥に声をかけ、靴を脱いで廊下に上がった。三歳になる息子の拓海《たくみ》がリビングから走り出してきた。

「パパ、おかえりー」

舌足らずな声で言うと、哲也の脚にまとわりついてきた。身体《からだ》をぶつけるようにしてふざけ始める。

「今日はお外で遊んだ?」

拓海は色白の顔をしかめると首を振った。

「お外はキライ」

この歳《とし》ですでにインドア派か。父親としては残念だ。子どもの頃の哲也は、伊豆《いず》にある実家の蜜柑《みかん》山を駆けまわったり、父親のお供で港近くの堤防に釣りに行ったりしていた。当時の自分と比べて拓海はずいぶんひ弱に見える。

ただ、拓海を積極的に外に連れ出そうとしない妻の麻友《まゆ》の気持ちも分かる。このあたりの空の色は薄い。近くを流れる多摩《たま》川やその先にある海は、伊豆とは全然違う。

シャンプーのにおいがする柔らかな髪を手のひらでぐりぐりと撫《な》でていると、部屋着の上にエプロンをつけた麻友がスリッパを鳴らしながら現れた。小ぢんまりした目鼻立ちのせいか控えめな性格だと思われがちだが、二十代前半の頃、青山の一等地に店を構える一流パティシエの元で修業していたこともあり芯は強い。

「早かったね。今日は慰労会だって言ってなかった？」

「疲れたから、パスさせてもらったんだ」

「ご飯はまだってことだね。用意するから、先にお風呂に入って」

麻友は哲也のズボンに目を留めた。

「そのシミ、どうしたの？」

哲也は無理に笑った。

「昼飯を食べ始めたところで突然呼び出されたんだ。泡を食ってラーメンをひっくり返しちゃった」

「災難だったね。クリーニングに出しとくよ。あと、ご飯は明日用に仕込んでおいた唐揚げでいい？」

脂っこいものは喉を通りそうにない。昼食抜きなのに空腹感もない。とはいえ、何か腹に入れたほうがいいだろう。

「昼が遅かったから軽いものがいいな」

麻友は何か言いかけたが、すぐにうなずいた。

「塩鮭《しおじゃけ》のお茶漬けかとろろうどん。もう少しお腹《なか》に溜《た》まるものがよければ、親子丼とかどうかな」

　とろろうどんに卵をつけてほしいとリクエストすると、拓海を麻友に託し、玄関を入ってすぐ左にある洋間に入った。いずれ子ども部屋にする予定の部屋だが、今は哲也が私室として使っている。といっても、リモートワークで使うパソコンラックと椅子、それにパイプ製のハンガーラックを置いてあるだけだ。麻友はこの部屋に子ども用のベッドを入れたがっているが、哲也はのらりくらりと返事を避けていた。

　ネクタイをはずし、スーツを脱いだ。上着とスラックスを椅子の背にかけて浴室に向かった。シャワーで頭と全身をざっと洗い流すと、湯船に身体を沈める。

　ぬるっとした乳白色の湯に全身から疲れが溶けだしていくようだ。湯を手のひらですくい、勢いよく顔にかけると、膝を抱えて目を閉じた。

　ブースを撤収した後、五反田の本社で開かれたミーティングで哲也は宍戸から事情を聴かれた。

　なぜ昼時でもないのに席をはずしていたのか？　槙原一人で来客対応が無理なのは分かっているはずだ。しかも、呼び出しにすぐに応じなかった。なぜパンフの補充を怠ったのか？

いい歳をして十数人の部員の前でネチネチと質問攻めにされるのは、さすがに堪《こた》えた。

責任の何割かは槙原にあるはずなのに、すました顔で座っているのにも腹が立ったが、彼女をこの場で非難するのはさすがにはばかられた。

ミーティング終了後、会社近くの高級焼き肉店で慰労会が開かれる予定だった。幹事役が出席希望者に挙手を求めたが、とても出る気になれず、うつむいてその場をやり過ごした。驚いたことに槙原は真っ先に大きく手を挙げた。あのぐらいの図太さがないと、営業部ではやっていけないのかもしれない。

それはともかく、これからどうしよう。

来週、宍戸との人事面談がある。どんなふうに査定されるか気がかりだった。技研にいた頃、哲也の査定は最高レベルのＳかその次のＡだった。しかし営業部に来てからＢ、Ｃと下がってきた。今回の一件で最低のＤに落とされるかもしれない。完全な落ちこぼれだ。

哲也は苦々しい思いで、去年の今頃のことを思い出した。

ある日、営業担当役員と人事部長が連れ立って技研の見学にやってきた。哲也は彼らの案内役を命じられた。哲也は国立大学農学部農業工学科卒で、根っからの技術者だが、人当たりはいい。難しい内容の技術を噛《か》み砕いて説明するのも得意なので白羽の矢が立った。二人は、満足した様子で帰っていった。

その二日後、哲也は本社に呼び出された。慣れないスーツ姿でかしこまって座っていると、前々日の二人が現れた。

営業担当役員は、単刀直入に切り出した。

——営業部に来てくれないか。

主な仕事は、展示会やショールームでの技術説明。顧客との商談の際、同席を求められることもあるという。

これまでは、必要に応じて技研から適任者を派遣してもらっていたが技術者は口下手が多い。哲也に営業部に移ってもらい、その手の仕事を一手に引き受けてほしいという。

営業部の仕事に興味はなかった。断ろうとしたが、人事部長は続けた。

——展示会やショールームには、社長や幹部も顔を出す。いい仕事をして彼らに顔と名前を覚えてもらえば、必ず将来に役立つ。入社時から希望している海外事業部への配属も叶《かな》うかもしれない。もちろん、自分も心がけておく。

それを聞いたとき、心が大きく動いた。

脇田農機では、食糧難や水不足に苦しむ国や地域に、農業機械や水質管理システムを導入する事業を手がけていた。技術者を派遣し、現地の人と協力しながら生活の質の改善を目指すのだ。それこそ哲也の将来の夢だった。この会社を選んだ理由でもある。

海外事業部は志望者が多い。新人が配属される部署でもないので、まずは技研で技術者としての腕を磨きながらチャンスをうかがうことにした。ところが、何度希望を出しても異動は叶わず、諦めかけていたのだ。

こんな形でチャンスが巡ってくるとは思わなかった。逃す手はない。

哲也は浴槽の中で脚を伸ばした。

営業部は自分に合わない。できることなら技研に戻りたかったが、それも難しいだろう。異動の話が持ち上がったとき、技研の所長や直属の上司は強く反対した。技術者として成長目覚ましいのに、もったいないというのだ。しかし哲也は彼らを振り払うようにして異動を受け入れた。

八方ふさがりだなと思いながら、背中を浴槽の縁に預けて天井を見上げた。換気口に埃《ほこり》が溜まっていた。最近、浴室内に湯気がこもりがちだと思っていた。空気の通りが悪くなっているのだろう。

まるで、自分の身体みたいだ。最近、よく呼吸が浅くなっている。心に溜まった澱《おり》が空気の出入りを邪魔しているのかもしれない。

パワハラ気味の上司、マイペースすぎる部下。どちらも嫌だが、それ以上に嫌なのが今の自分だ。

落ちこぼれ社員として、会社にしがみつくなんてまっぴらだ。

――やっぱり伊豆に帰ろう。

少し前から、そのことを考えていた。いわゆるUターンだ。

哲也は伊豆の青い海と澄んだ空が好きだった。沖合を滑る飛び魚、上空を旋回する鳶《とび》、夜鳴きする鹿。時折里に降りてきて畑を荒らしたり、ゴミをあさったりする猪《いのしし》さえも愛《いと》おしかった。

生きるということは、他の動植物と地球を分け合うことだ。伊豆で暮らしていると、それが実感として分かる。

成績がよかったから周囲に勧められるまま東京の難関国立大学に進んだ。卒業後は教授の推薦もあって東京の一流企業に就職した。でも、一生東京に住む理由はなかった。

伊豆に帰れば、住む家はなんとかなる。仕事についても、考えがあった。実家の敷地内にある古民家をカフェにするのだ。

お盆で帰省したとき、市役所でUターン支援を担当している幼馴染《おさななじみ》にそれとなく話してみたところ、感触は悪くなかったので、麻友にも計画を打ち明けた。麻友は目を輝かせていた。パティシエとして再び仕事ができるのだ。しかも、田舎とはいえ自分の店を持てるのだから当然だろう。

それに、麻友の実家は、伊豆半島の付け根にある三島市だ。哲也の実家から車で一時間ほどの距離だから、里帰りが格段に楽になる。義両親も心強いはずだ。

具体的に動き出すときが来たのかもしれない。

浴室のドアをノックする音が聞こえた。振り返ると、磨《す》りガラスの向こうに麻友の影が見えた。

「てっちゃん、大丈夫？　ずいぶん長風呂だけど」

哲也はお湯をすくって顔にかけた。

「もう出るよ。それと、後で相談したいことがあるんだ。例の古民家カフェの件」

少し間があった。磨りガラスに映る麻友の影が、うなずくように揺れた。

「分かった。拓海は寝たから、ゆっくり聞くよ」

脱衣所から麻友が出ていく気配を感じながら、哲也は身体を肩まで湯船に沈めた。顎の先を湯につけて大きく息を吐いた。

2

昼前に到着した麻友の実家では、義父母がうな重の出前をとって歓待してくれた。二人が拓海に会うのは、お盆休み以来だ。あれから一か月ぐらいしか経《た》っていないのに、背が伸びたと大騒ぎをしていた。

デザートの梨を食べ終えると、哲也はそそくさと席を立った。この後、一人で伊豆半島の中ほどにある実家へ行き、古民家カフェにしようと思っている建物を幼馴染に見てもらうのだ。今夜は実家に泊まり、明日の昼前、二人をここでピックアップして東京に戻る。

近くのコインパーキングに停《と》めておいたヴィッツに乗り込んだ。今朝、自宅近くで借りたレンタカーだ。

技研がある八王子から本社に近い羽田に引っ越すとき、自家用車を手放した。駐車場代をとても払えなかったからだ。でも、小さな子どもを連れて長距離を移動するには、やはり車のほうが便利だ。近場の買い物やレジャーだって、車があったほうがいい。結局のところ、田舎のほうが暮らしやすいのだ。

狩野《かの》川沿いの開けた土地を修善寺《しゅぜんじ》あたりまで進んだ後、東に向かう。この先は山道だ。峠をいくつか越えると次第に道がゆるやかになってきた。ここまで来たら、実家は目と鼻の先だった。

山間《やまあい》の集落を走る道をまっすぐに進み、キャンプ場を抜けると、懐かしい風景が見えてきた。子どもの頃、駆けまわった蜜柑山だ。実際には丘なのだが、哲也一家も近所の人も蜜柑山と呼んでいた。なだらかな斜面に青々とした葉を茂らせる蜜柑の木が整然と並んでいる。この季節、まだ実は青く小さいから、遠目には見えない。

蜜柑山へ向かう私道の入口に、「田中《たなか》蜜柑園」という看板が出ていた。観光農園としてガイドブックや電子地図に名前が載っているこの蜜柑園は、一昨年《おととし》まで川野家が所有していた。その前年、父が心不全で亡くなった。哲也も関西に嫁いだ妹の里奈《りな》も蜜柑園を継ぐ気はなかった。母が一人で維持するのも難しかったので、同業の遠い親戚に買ってもらったのだ。

道路を挟んで反対側にある二軒の家は、現在も川野家が所有していた。一軒は、昭和の末期に父が建てた二階建ての注文住宅である。駐車スペースには母が使っている赤い軽自動車が停まっている。

その隣に、戦前からの平屋があった。十五年前、祖母が亡くなるまで住んでいた家だ。

間口一間半の玄関の重厚な瓦屋根は、昔の銭湯を思わせる。入母屋《いりもや》屋根と呼ぶのだと子どもの頃、祖母に教わった。頂点にある立派な鬼瓦は、県内の有名な職人の手によるものなのだとか。

向かって左の縁側のガラス越しに見える白いカーテンは、日焼けして黄ばんでいる。ガラス窓の木枠自体はしっかりしており、塗装し直せばそのまま使えそうだ。向かって右の勝手口の奥にある炊事場は、いまだに土間だった。風情はあるがさすがに不便だ。板張りに変えたほうがいいだろう。

平屋の前の空きスペースに車を停めていると、二階建ての勝手口から母の篤子《あつこ》が姿を現した。白い割烹着《かっぽうぎ》をつけ、手ぬぐいを姉さんかぶりにしている。来年還暦を迎えるが、肌に艶《つや》があるせいか、若々しく見える。

哲也が運転席から出ると、母は眉を寄せた。

「あんた、痩せた？」

「母さんこそ、また太った？　甘いものを食べすぎなんじゃない？」

母が苦笑した。

「着いたばかりなのに、嫌なことを言うねえ」

「嫌なことついでに言うけど、最近、変な動画は見てない？」

盆に帰省した際、「世界征服をもくろむ地下組織が下田に潜伏している」という陰謀論を展開している動画を見せられた。あまりにバカバカしいから面白がっているのかと思ったら、本気で怖がっていた。でたらめだ、信じるなと言ったところ、哲也を無知呼ばわりした。激論の挙句、物別れに終わったのだが、その後どうなっただろう。

母は顔をしかめた。

「友だちが、弁護士をやってるご主人に見せたら嘘《うそ》だって。人を騙《だま》すような動画を作って何が面白いんだろうねえ」

「よかった。それより、急に来てごめん」

「かまわないよ。今日は早番で昼までだったから」

母は市内にある老人ホームで調理の仕事を始めた。当初は週三日のパートだったが、今では週五日勤務の契約社員だ。それほど多くはないが父の死亡保険金もある。しゃかりきに働く必要もないはずだが、本人曰く、好きでやっているらしい。

母は割烹着のポケットから鍵を取り出した。平屋の玄関の扉に差し込みながら言った。

「埃っぽいと思うよ。週にいっぺん風は通してるけど、掃除機をかけたのはずいぶん前だから」

建付けが悪い扉は開けるときに嫌な音を立てた。かすかに黴《かび》のにおいがした。

玄関の上がり框《がまち》は大人の膝ほどの高さがある。靴を脱ぐと、踏み台を使って上がった。目の前は小さな和室だ。その奥に茶の間があった。間に置かれた衝立《ついたて》の陰から、祖母が愛用していた丸い座卓が鎮座しているのが見えた。

お盆に仏壇にお参りしたときにも見た風景だ。ここが自分たち家族の家になるのだと思うと、不思議な気持ちだった。

母は仏壇がある座敷に入ると、縁側に出てカーテンとガラス扉を開けた。埃をかぶっている縁側に二人で並んで、道路を挟んで広がる蜜柑園を眺めた。今日は、誰も作業に来てはいないようだ。

「本当にここに住むの？」

「そのつもり。母さんと里奈の名義だけど、かまわないよね」

「麻友さんは賛成なんだよね」

「当然だろ。あんなに好きだった仕事を再開できるんだ。自然豊かな土地で拓海を育てたいとも言ってたし。それに、母さんと同居するわけじゃない。台所どころか、家そのものが別々なんだから、嫁姑《しゅうとめ》のいざこざなんて起きないよ」

母は小さくうなずいた。

「それならいいけど、心配は心配だね。素人が商売を始めたって、うまくいくものかどうか」

「自信はあるんだ。うまくいかなかったら、ほかに仕事を探してもいいし」

何か言いたそうな母を哲也はさえぎった。

「母さんだって、今はいいけど、この先一人暮らしはきつくなる。僕らが近くにいたほうが、何かと安心だよ。僕らだって母さんが隣にいると助かる。麻友が忙しいときには、拓海の面倒を見てほしいんだ」

母はため息をついた。

「昨日、あんたから電話をもらった後、里奈に連絡してみたんだ。この家は半分あの子のものだからね」

「なんて言ってた？」

「喜んでた。自分の相続分は、あんたに譲ってもいいそうだよ」

里奈は地元の観光施設で働いていたが、ある冬、北海道のスキー場で出会った関西の老舗呉服店の跡取り息子と恋に落ち、電撃結婚した。離婚でもしない限り、関西を離れることはないだろう。店の手伝いのほか、義両親や二人の子どもの世話で忙しく、盆暮れの帰省もままならない状況だ。

「母さんの老後は任せろって言っておいて」

母は曖昧に微笑《ほほえ》んだ。

そのとき、白い軽自動車が敷地に入ってきた。ヴィッツの隣に停まると、すぐに運転席のドアが開いた。北林真《きたばやしまこと》が巨体を持て余すように出てきた。中学校まで一緒だった幼馴染で、干物製造販売会社の次男坊だ。高卒で市役所に入り、現在はUターンを支援する部署に勤務している。

　北林は縁側に立っていた母に如才なく頭を下げた。

「おばさん、お久しぶりです。嫁が言ってました。おばさんが作る料理はおいしいって。僕も食べてみたいなあ」

　北林の妻は、母が働くホームで施設長の要職にある。

　母は北林を軽くにらんだ。

「まこっちゃんは、ダイエットしたほうがいいよ。まあ、私も人のことは言えないけど」

「はいはい、おっしゃる通りです」と言いながら北林が玄関に入る。母は哲也を振り返って言った。

「話が終わったら、隣に寄ってもらって。お茶でも出すから」

「分かった。じゃあ、また後で」

　母と入れ替わるように、座敷に入ってきた北林はポケットからスマホを取り出すと、巨体にしては身軽な動きで家の中を歩き回り、写真を何枚も撮った。一通りの見分を終えると座敷に戻り、色褪《いろあ》せた畳に腰を下ろした。窮屈そうに胡坐《あぐら》をかき、鴨居《かもい》の上に飾ってある祖父と曽祖父の写真を指さす。

「ウチの爺《じい》さんの家にも飾ってあった。昔の写真って、なんでみんなしかめっ面なんだろうな。軍隊に入る前に撮ったからだろうって、ウチの婆《ばあ》さんは言ってたけど」

哲也も畳に座った。

「それより、この家をどう思った?」

北林は黒縁眼鏡をかけ直すとうなずいた。

「立派な古民家だ」

明確な定義はないが、一九五〇年の建築基準法の制定時に既に建てられていた伝統的な建造物なら、古民家と称して問題ないそうだ。

「趣があるし、蜜柑園の真ん前っていう立地もいいと思う」

「親族の経営に変わったけどカフェを開いたらコラボしてくれると思う。マーマレードとかの加工品にも力を入れてるようなんだ」

「それはいいね。この座敷をカフェにするんだよね? で、玄関前の小部屋に物販の棚を置くとか?」

「そう、そう。そんなイメージ」

この家には他にいくつも部屋がある。座敷なんか使わなくても家族三人で楽に暮らせる。

哲也は身体を前に乗り出した。

「補助金、受けられるかな」

市内出身者がUターンをして地域活性化につながる事業を立ち上げる際、市から三百万円の補助金が出るのだ。もちろん審査がある。選ばれるのは年に一件だけだ。でも、チャンスはあると思っていた。この家の改修、そしてカフェ開設の準備予算に上乗せできれば正直助かる。

北林は半袖から突き出た太い腕を組んだ。

「物件は問題なさそうだし、てっちゃんは子どもの頃から優秀だったのはみんな知ってるから大丈夫だと思う。ただ、カフェって開設するより、続けるのが大変なんだよね。前にも言ったけど、何か売りがないとやっていけない。正直なところ、蜜柑園とのコラボだけでは弱いかな」

「分かってる」

古民家カフェをやろうと思い立ったとき、先人の体験談をネットで読み漁《あさ》った。北林が言うように、生き残りは簡単ではなさそうだった。この市内でも、二年前に自宅の庭とガレージを利用したオーガニックカフェを開いた農家の女性がいた。市の補助金を彼女も利用していた。有機野菜を使った色鮮やかな料理は、開店当初はインスタ映えすると話題になったが、その後集客がままならず、去年ひっそり閉店したそうだ。

でも、自分の場合はそうはならない。麻友という切り札がある。

「実は麻友がフランス菓子を作るんだ」

「スイーツか。最近、熱海あたりで街おこしに一役買ってるみたいだな」

「そうらしいね。でも、麻友が作るのは、もっと本格的なものなんだ」

哲也と麻友は高校の同級生だ。北林は違う高校だったので、麻友と面識はない。彼女の経歴について詳しく話したこともなかった。

「彼女、製菓専門学校を出た後、青山に店を出してるパティシエの元で修業をしてたんだ」

才能と努力を評価され、入門してわずか二年で自ら考案した焼き菓子を店に出させてもらっていた。いずれ二号店を任されるはずだったが、二十代半ばで腰を痛め、仕事を続けられなくなった。

数年後にすっかり回復したが、麻友は師匠からの復帰要請を断った。哲也と結婚して八王子に住むことが決まっていたからだ。師匠は残念がったが、東京で開いた結婚パーティーに繊細かつ豪華なケーキを用意してくれた。スピーチにも立ち、「復帰できる日が来たら声をかけてくれ。そのときは力になる」と言ってくれたのだ。麻友は涙を浮かべてうなずいていた。

北林がポカンとしていたので、パティシエの名前を告げ、検索をしてみるように言った。北林は早速スマホをいじり始めた。すぐにヒットしたようだ。顔を上げ、眼鏡の奥の小さな目を見開く。

「すごい人だね。この人の弟子だとアピールしたら、成功間違いないと思う」

何年か前、フランス料理の有名シェフが監修したフレンチレストランが海沿いにできた。値段が高いこともあり、流行《はや》るわけがないと地元で噂《うわさ》されていたが、ふたを開けてみたところ、伊豆高原の別荘族や懐に余裕がある年配の旅行者に大人気だそうだ。

そうだろうと思いながらうなずく。今の時代、流行り物ではなく、本物が求められているのだ。

北林はスマホをしまうと、両手を膝に置いて背筋を伸ばした。唇を舐《な》め、哲也を正面から見た。陽気でお調子者のまこっちゃんではなく、さっきまで見せていた市役所職員の顔でもなかった。

「話はよく分かった。でも、友だちとしては疑問もある。嫁さんはともかく、てっちゃんは何をするの？　東京の一流会社でバリバリやってた人が、コーヒーを淹《い》れながらのんびり暮らすわけ？」

哲也は首を横に振った。カフェのオーナーで終わる気はない。

「大学生の頃、バックパッカーをやってた」

「知ってる。いろんな国の写真を見せてもらった」

「どの国にも、旅行者と地元の人が交流する場があった。そこで大勢の人に出会って刺激を受けた。僕が作りたいのは、ただのカフェじゃない。そういう場だ。地域の人と旅行者が交流できる場所や仕組みを作りたいんだ。逆に言えば、カフェはその起点に過ぎない」

伊豆には素晴らしい自然がある。ユネスコのジオパークにも認定されている。将来は市内の宿泊施設などと連携して、海外からの旅行者と地元の人との交流を促すイベントを開催したい。外国人労働者が地元に溶け込む手伝いもできるのではないか。

「カフェを軌道に乗せないと、ただの妄想で終わるけどね」

北林は、まこっちゃんの顔に戻ってうなずいた。

「てっちゃんなら、きっとできるよ。昔から行動力があったもの」

申請書は、市のホームページからダウンロードできる。まずはそれに目を通してほしいと北林は言った。

第一関門突破といったところだろうか。ほっとしながらうなずき、母の家を指さした。

「あっちでお茶でもどう?」

「そうしたいところだけど、嫁の代わりにチビを保育園に迎えにいかなきゃならない」

夜勤のスタッフが急に休みを取ることになり、代理で出勤するのだという。

「おばさんによろしく言っといて。さっきも言ったけど、嫁はすごく喜んでる。しっかりした人に来てもらえてよかったって」

「伝えとく」

北林は畳に両手をつき、「よっこらしょ」と言いながら、重そうな身体を持ち上げた。

3

その日は散々だった。午前中、東北のある農協の職員が、十数人の農家を伴って本社のショールームを見学に来た。

技術的な話は必要ないと言われたので、宍戸は槙原に案内役を任せた。

哲也は社内の自席で午後からの会議で配布する新製品の説明資料を作っていたのだが、槙原からスマホに着信があった。「今すぐに来てほしい」と泣きそうな声で言うので、ショールームに駆けつけたところ、暗澹《あんたん》たる気分になった。

農家の一人と思われる初老の男が、槙原に議論を吹っ掛けていたのだ。「この会社は、AIだとかITだとか言ってばかりで、農家の実情を分かっていない。農家をバカにしている」と憤っていた。悪質なクレーマーそのものだった。

槙原はうまく応えられず、固まっていた。その男は仲間内でよほどの力を持っているのだろう。周りは見て見ぬふりだ。

面倒だなと思ったが、哲也は二人の間に割って入った。クレーマー男に平身低頭し、なんとか怒りを静めてもらった。残りの案内を引き受け、槙原には営業部に戻って、資料作りを進めるように指示をした。

昼前に彼らを送り出した。やれやれと思いながら営業部に戻ると、槙原は体調不良を理由に早退していた。気持ちは分からないでもないが、資料作りは手つかずのままである。昼休みを使って、どうにか仕上げたものの、とても満足できる内容ではなかった。

午後の会議は案の定だった。宍戸に資料の不備をまたネチネチと責められた。槙原に責任転嫁するわけにもいかず、いつもどおり、うなだれてやり過ごすほかなかった。情けなかったが、腹は立たなかった。こんな思いをするのも、あと少しだ。

北林によると、哲也が提出した申請書の評判は上々だという。補助金が手に入る公算が大きい。

義父母にも計画を打ち明けた。二人はたいそう喜んでいた。素人が商売を始めるのだ。心配していないわけがないと思うが、それ以上に娘や孫と行き来しやすくなるのが嬉《うれ》しいのだろう。何かあったら力になるとも言ってくれた。

これで外堀は、ほぼ埋まった。あとは計画を進めるだけだ。年内にはおそらく辞表を出す運びになるだろう。

その日は定時で仕事を終え、羽田のマンションに帰った。

鍵を開けて中に入る。「ただいま」と声をかける前に、麻友が奥から出てきた。いつになく心配顔である。

「さっき、お義母《かあ》さんから電話があった。戻ったらすぐに折り返してほしいって」

「何の用だろう」

「分からない。とりあえず、かけてみなよ」

自室に入り、鞄《かばん》を置いた。パソコンラックの前の椅子に腰かけ、スマホで実家の電話番号を呼び出す。ツーコールで母が出た。

「何かあった？」

「隣の家をカフェにする話だけど、やっぱり私は反対。計画は中止して」

思わずスマホを落としそうになった。

「どうして。この前、電話したとき、古民家のリフォームが得意な工務店を紹介してくれるって言ってたじゃないか」

「気が変わったの」

今なら中止しても、周りに迷惑はかからないはずだと母は言った。

「だから、どうして」

「検診の結果が今日出たんだ。糖尿病になりかかってるって先生に言われた」

先生に生活習慣についてあれこれ聞かれたので素直に答えたところ、甘いものの食べすぎだと叱られたという。

「このままだと、合併症になっていずれは足を切り落とさなきゃいけなくなったり、失明したりする恐れがあるって」

「それは心配だね。でも、医者は大げさにいうものだし、食生活を見直せば、きっと大丈夫だよ。何か運動も始めたら？」

母は不満そうに鼻を鳴らした。そういえば昔から運動が嫌いな人だった。

「大変なのは分かったけど、それがなんで僕らの計画と関係あるの？」

大きなため息が聞こえてきた。

「だから今言ったでしょ。甘いお菓子は毒なんだよ。先生が言うには、栄養なんてちっともなくて、身体に悪いだけだって。自分でもネットで調べてみたんだけど、白い砂糖や白い小麦粉は、特に悪いんだってね。一口だって食べないほうがいいらしいよ。カフェでは、麻友さんが焼いたお菓子を売るんでしょ？」

ようやく話が見えてきた。反論しようと思ったが、その前に母は言った。

「甘いものを世の中からなくすのは無理。ネットで見たんだけど、甘いものはおいしいってみんな洗脳されてるんだってね。でも、川野の家では売りたくないの。情報に疎い人に毒を売りつけたら、ご先祖様に顔向けができなくなる」

「ちょっと待ってよ」

またもや陰謀論か。しかも、今度は他人事《ひとごと》ではない。

「この話はこれでおしまい。こんなつまらないことでいがみ合うのもバカバカしいから、お互いきれいさっぱり忘れようね」

「そんな勝手な」

「勝手を言ってるのは、あんたのほうでしょ。あの家は、私と里奈の名義で哲也にはなんの権利もないよ」

「でも……」

「それと、麻友さんには、余計なことを言うんじゃないよ。あの人はお菓子が毒だなんて、絶対に認めないと思うから。私のほうも洗脳されてる人と議論したくないしね。とにかく、古民家カフェは諦めること」

母はそう言うと電話を切った。

呆然《ぼうぜん》と椅子に座っていると、ドアがノックされた。拓海を抱いた麻友が顔をのぞかせた。

「大きな声を出してたけど、お義母さん、なんだって？」

「あの家を使わせないって言い始めたんだ」

麻友の目が大きくなった。

「どうして？」

事情を打ち明けたかったが、母がお菓子を毒物呼ばわりしているとは言いづらかった。

哲也は麻友から視線を逸らした。

「なんだか急に気が変わったみたいで……。とりあえず里奈に相談してみる」

里奈は、哲也たちが伊豆に戻り、あの家に住むのを歓迎していたはずだ。母を説得してくれるかもしれない。

麻友はうつらうつらし始めた拓海の頭を撫でながら、小さくうなずいた。

二人が部屋を出て行った後、里奈に電話をかけた。幸い、手が空いていたようで、すぐに電話に出てくれた。

「母さんが、おかしなことを言い始めたんだ。僕らの移住にも反対だって」

さっきの電話の内容を伝えると、里奈はうなった。

「主治医の先生が、極端なのかなあ。あと、母さんって陰謀論みたいなのに意外と弱いよね。前に変な動画を送ってきた」

「下田に地下組織が潜伏してるとかいう？」

「それそれ。デマだって言っても、そんなはずはないって言い張るの」
「知り合いのご主人の弁護士に嘘だと言われて納得したみたいだよ」
「そうなんだ。それはよかった」
「で、僕らの移住の件だけど、母さんを説得してもらえないかな。母さんにとっても
いい話なわけだし」
　里奈はしばらく黙っていたが、やがて言った。
「私じゃダメだと思う。いつまでも子どもだと思って見くびってるのよ。それより、
権威がある人、例えば別のお医者さんの話を聞かせたらどうかな」
　糖尿病の患者にとって、甘いお菓子が身体に悪いのは事実だろうが、お菓子を毒物
呼ばわりするのは行きすぎだ。それを理解すれば、考え直してくれるのではないか。
　なるほどと思った。そういえば、動画の件で考えを改めたのも、弁護士という権威
のある人に言われたからだ。
「セカンドオピニオンを取るんだね。いいかもしれない。ちょっと調べてみる」
「うまくいくといいね。でも、お兄ちゃん、本当にいいの？」
「何が」
「お兄ちゃんが伊豆に帰ってくれたら私は安心。でも、母さんの世話をお兄ちゃんと
麻友さんに押し付けていいのかなって」

「そんなこと気にするな。古民家カフェは、僕と麻友の夢なんだし」

「それもピンとこないんだよね。エリートのお兄ちゃんがなんでわざわざ田舎でカフェなんてって……。ウチの旦那も首を傾《かし》げてた。まあ、気が変わったらいつでも言って」

回線の向こうで、誰かが里奈を呼ぶ声が聞こえた。それを潮に電話を切った。

4

十月下旬の金曜日、哲也は朝から有給休暇を取った。JR品川駅の新幹線改札口で、大きなキャリーケースを引いた母と落ち合い、駅構内にあるお蕎麦《そば》屋さんで早めの昼食を済ませた。

多摩地域にある青島《あおしま》総合病院の総合内科へ母を連れていく予定だった。予約は午後二時からだ。

里奈の助言に従って、権威がありそうな医者にセカンドオピニオンを求めることにしたのだ。

セカンドオピニオンを受け付けてくれそうな有名病院をネットで検索し、青島総合病院にたどり着いた。総合内科で医療相談を受け付けており、セカンドオピニオンも必要に応じて出すという。

病気とあまり縁のない哲也ですら名前を聞いたことがある有名病院である。権威という点では申し分ないが、羽田にある哲也の自宅からはやや遠いのが難だった。

しかし、患者による口コミを流し読みしているうちに、ここしかないと思うようになった。

――総合内科の青島倫太郎《りんたろう》先生にセカンドオピニオンを出してもらいました。とても話しやすくて、気さくに質問に応えてくれます。ちょっと変わっていますが、信頼できる先生だと感じました。自由診療ですが、初診は千円です。ちなみに先生は無類のスイーツ好きで、運がよければ、お相伴にあずかれます。

スイーツが好きな医者なら、お菓子を毒物呼ばわりすることはないだろう。母をきっと説得してくれる。

母には、本当の目的を伝えていなかった。

――知り合いに聞いたら、糖尿病は甘く見てはいけない病気なんだって。地元の医師の診察を受けただけでは心配だから、念のために東京の名医にも診てもらおうよ。僕が付き添うから。

そんなふうに誘ったのだ。里奈からも、受診を勧めてもらった。

母は最初、渋っていた。お世話になっている先生を裏切るようで気が進まないという。主治医以外の意見を聞くセカンドオピニオンは、最近ではごく当たり前の行為だと説明し、拓海の幼稚園で開催されるお遊戯会の参観を兼ねて一泊二日で上京するように勧めたところ、ようやく重い腰を上げてくれた。

早速、青島総合病院に予約の電話をかけた。相談内容の聞き取りをしたナースの口調がフレンドリーすぎるのがやや気になったが、補助金の審査開始が月末に迫っていた。それまでに母を翻意させたかった。

ナースには、率直に自分の希望を伝えた。

——セカンドオピニオンがほしいだけではない。母が甘いお菓子は毒だという極端な考えに走ってしまい、周りが困惑している。極端な考え方をする主治医の影響があるようだ。そのうえネットであれこれ検索して、陰謀論のようなものまで口にし始めた。

ナースは「ウチの先生なら力になれそう」と言ってくれた。青島にかけるしかない。

山手線と私鉄、そしてバスを乗り継いで青島総合病院のエントランスに着いたのは、予約した時間の五分前だった。余裕を持って来たつもりだが、思いのほか時間がかかったのは、久しぶりに上京した母が、乗り換えをするたび、「十年前に来たときと全然違う」などと言って、その辺を見て回ろうとしたからだ。

母に代わって引いてやっているキャリーケースは、母が家庭菜園で作っている野菜か、近所で分けてもらった果物でも入っているようで、やけに重かった。病院前の停留所にたどり着いたときには、哲也のほうがくたくただった。

バスを降りると、すぐ目の前に病院の門があった。エントランスの前はロータリーになっており、客待ちをしているタクシーが列をなしている。

立派な外観の建物だった。外壁には光沢のある建材が使用されており、周囲を威圧するようだが、建物の周りの雑木林が空間に柔らかな雰囲気を与えていた。

母が建物を不安そうに見上げた。珍しく口紅を塗った唇を半開きにしてため息をつく。

「ずいぶん大きな病院だねえ。こんなところの偉い先生に診てもらうなんて、なんだか怖いようだよ」

胸元に当てたショルダーバッグを両手で抱きしめるようにしながら、気後れした顔でつぶやく。

哲也は母の背中に手を当て、先を促した。

「平気だろ。名医だけどとても話しやすいって口コミサイトに書いてあった」

向かって右手に砂利道が見えた。予約の際、受付の女性が言っていた通りだ。砂利敷きの遊歩道をまっすぐ進めば、そのうち洋館が見えてくるはずだ。

砂利道に入ると、母が首を傾げた。病院の建物を指さす。

「あそこに行くんじゃないの？」

「総合内科は別の場所にあるんだって。静かなところでゆっくり話せるようになって、いるんじゃないかな。母さんの場合、最近受けた検査の結果を持参したから、たいした検査は必要ないようだし」

「そんなものなのかねえ」

ずっしりと重いキャリーケースを引っ張りながら砂利道を進むのは骨が折れた。いつになったら着くのだと思いながら緩やかなカーブを曲がると、目の前にレトロな洋館が現れた。広々としたポーチや、装飾が施された窓枠などから想像するに、かつては立派な家だったのだろう。しかし、とにかく古かった。汚いというより、古いのだ。外観を見る限り、現在の耐震基準に則《のっと》って改修されているとも思えなかった。

まさかここではないだろうと思いながら近づくと、「総合内科」というプレートがドアの脇にかかっていた。母もプレートに気づいたのだろう。足を止め、哲也の顔を見上げた。

「こんな建物で診察してるなんて……。名医って本当なの？」

母が心配する通り、楽観的すぎるか、考えが足りない人物ではないだろうか。地震に対する意識が高い静岡県出身者なら皆、同じ感想を抱くはずだ。しかし、診てもらった患者たちの評判はいいようなのだ。

「行ってみようよ」

母は、迷っているようだったが、やがてうなずいた。

「新幹線まで使って来たわけだしね」

声が中まで響いていたのだろうか。ドアが内側から開き、オレンジ色のナース服を着た若い女性が現れた。いたずらっぽく笑いながら言った。

「川野さんですね」

ナースは小泉《こいずみ》ミカと名乗った。

「先生がお待ちかねです」

母はすでに心を決めていたようだ。「お世話になります」と言って、ポーチの階段を上り始めた。

床、壁、ベンチ。あらゆる箇所が傷んでいる待合室を素通りし、診察室というプレートがかかった部屋に通された。キャリーケースは廊下の壁際に置いておくことにする。

診察室に入り、胸を撫でおろした。部屋の壁や建具は古びているが、一般的なクリニックとたいして変わらない。

白衣を着た優男《やさおとこ》が立ち上がった。感じのいい笑みを浮かべながら、二人に丸椅子を勧めた。青島だろう。

腰を下ろしながら何気なく足元に目をやった瞬間、ギョッとした。青島の白衣の裾から素脚が出ていたのだ。靴下は履いている。さりげなく観察すると、割れた裾の間から短パンの裾が見えた。

短パンに白衣か。変わっている人物というのは確かなようだ。

ミカが壁際の簡易ベッドに浅く腰かけた。それを待っていたかのように、青島が頭を下げる。

「遠いところをようこそお越しくださいました。青島です。主治医の先生から糖尿病の疑いがあると指摘されたので、セカンドオピニオンを、というお話でしたね」

柔らかい口調に安心したのだろう。母はバッグからクリアファイルを出し、挟んであった検査票を両手で青島に差し出した。

「拝見しましょう」

結果に目を通すと、青島は説明を始めた。

糖尿病は血液中の糖の濃度、すなわち血糖値が高い状態が続く疾患である。膵臓《すいぞう》から出るインスリンというホルモンの働きが十分ではないために起きる。自己免疫疾患が原因とされる一型と、体質と生活習慣が原因の二型がある。初期段階では自覚症状が乏しいが、放置すると、深刻な合併症が生じる恐れがある。網膜が傷害を受けて失明したり、神経障害で足を切断する羽目になったり、腎臓《じんぞう》障害で透析を余儀なくされたり……。

「川野さんは、二型だと思います。主治医の先生にそうした説明は受けましたか」

真剣な面持ちで母がうなずく。

「甘いものを食べすぎだって怒られました。このままだと老後は悲惨だって言われて……」

自分は老人ホームで調理の仕事をしている。ホームに入居している人の中には、糖尿病が悪化し、足を切断した人もいる。歩行が不便そうで気の毒でならない。自分もいずれああなるのかと思うと怖くてたまらない。

怯《おび》えたような目で不安を訴える母を安心させるように青島は微笑んだ。

「何もしなければそうなるでしょう。でも、未来は変えられます。手遅れだとも思いません。川野さんの場合、空腹時の血糖値が一デシリットル当たり百二十ミリグラム。HbA1cは六・〇%。いずれも糖尿病の診断基準を若干下回っているので、糖尿病の一歩手前の予備軍です」

HbA1cは、一、二か月前の血糖コントロールの良し悪《あ》しを判定する指標だ。検査前日や当日の食事、体調などに左右されることはない。

「生活習慣の改善に取り組みつつ、定期的にこの値を測定し、場合によっては薬も使って血糖値をコントロールするのがいいんじゃないかな」

母は、ほっとしたように表情を緩めた。

「私の先生も同じようなことを」

青島はにこやかにうなずいた。

「そうでしたか。生活習慣の改善について、何か取り組みは始めましたか？　女性の方はウォーキングを始める人が多いですね」

母は、ばつの悪そうな顔をした。

「運動は苦手で……。でも、食事は変えました。お魚を食べる日を増やしてご飯は控えめにしています。蜜柑園をやっていたので果物は大好きなんですが、週に一度と決めました。お菓子は食べていません。以前は、毎日、クッキーやお饅頭《まんじゅう》を食べていたんですが、私の先生が砂糖は毒だって言うので、一切止《や》めました。考えてみると、お菓子って妙な存在ですよね」

ご飯やパン、麺類は主食であり、エネルギー源となる。果物にはビタミンが含まれている。どちらも食べすぎなければ、身体にとって悪いものではないはずだ。

「お菓子を食べなくても人は生きていけます。私の先生がそう言いました。特に白い砂糖や白い小麦粉がいけないってネットにも書いてありました。毒だと知ってたら、もっと前に止めていたんですけどね」

それまで黙っていたミカが口を挟んだ。

「川野さんは立派だと思います。でも、食事制限って厳格にしすぎると、長く続けるのが難しいみたいですよ。無理のないようにしてくださいね」

青島もうなずく。

「砂糖や炭水化物の取りすぎは、もちろん身体によくありません。特に糖尿病の患者さんや予備軍と言われる人たちは、甘いお菓子はなるべく避けたほうがいいでしょう。でも、甘いもの、スイーツには、効用もあると思うんです。例えば疲れているとき、甘いものを口にすると、ほっとしませんか？」

母は一瞬目を泳がせると、渋々といった様子で首を縦に振った。

「それはまあ……」

「塩だって大量に摂取すれば毒になります。要は、摂取する人の身体の具合と、摂取する量が問題だと思うんです。川野さんの主治医は、そういった文脈の中で甘いものが毒だとおっしゃったのではないでしょうか」

なるほどと思った。母の主治医はずいぶん極端なことを言うと思ったのだが、そういう文脈であれば分からないでもない。

ミカが言った。

「最近では、砂糖や糖質を減らしたスイーツもあるようですよ。どうしても食べたいときには、そういうものを買ってみてもいいんじゃないですか」

青島もうなずく。

「我慢しすぎて、その反動でドカ食いするのが最悪のパターンです」

自分が前のめりになっているのに気づいたのだろう。青島は照れたように頭に手をやると、実は自分もスイーツが好きなのだと言った。

「もちろん食べる量には注意しています。たくさん食べられないからこそ、珍しいものや評判がいいものを探し求めてしまうというか」

母は困惑するような表情を浮かべていた。やがて眉を寄せ、検査票を返してほしいと青島に言った。

「甘いものを食べたいと思う人は、自己責任で食べればいいんです。でも、身体に悪いのは確かでしょう。私には必要ないものだし、一口だって毒だと思っています。何も知らない人に黙って出すのは、犯罪的だとすら思いますね」

最後は哲也に向けての言葉だろう。

落胆しながら母の横顔を見た。険しい表情を浮かべている。青島の言葉は、まったく母には響かなかったようだ。

母はミカに声をかけた。

「タクシーをここまで呼んでもらえますか?」

ミカがうなずき、部屋を出て行った。

支払いをしていると、表で車が停まる音がした。病院の前で待機していた車が、こっちに回ってきたのだろう。

運転手にトランクを開けてもらい、母のキャリーケースを積み込んだ。後部座席に乗り込もうとしたが、母が手前に座っていた。

「伊豆に帰るよ。駅までは一人で行くから」

「どうして。今夜はうちに泊まる予定でしょ。明日は拓海のお遊戯会に一緒に行くって」

母は哲也に冷たい視線を向けた。

「あんたの魂胆は見え見えだよ。古民家カフェなんか絶対にやらせないからね」

何か言わなければと思ったが、その前に母が運転手に車を出すように告げた。

呆然としながら走り去るタクシーを見送っていると、ポーチから青島が声をかけてきた。

「川野さん、ちょっと話をしませんか？」

青島の隣でミカもうなずいている。階段を再び上り、待合室を通って診察室に戻ると、青島が申し訳なさそうに頭を下げた。

「怒らせてしまいましたね。陰謀論や極端な説を信じている人の説得は、割と得意だと思っていたんだけどなあ」

母が座っていた丸椅子にちょこんと座ったミカが首を横に振った。

「むしろ、陰謀論を信じてるっていう前提に、違和感があります。お母さんは、甘いものが毒だなんて、本当に思っているんでしょうか」

「えっ、それはどういう」

「お母さんは、かなりきちんとした性格ですよね。順序だてて物事を考えて、自分がやるべきことを理解して実行する、みたいな」

それはまあそうだ。母は事務仕事やお金の管理に疎かった父に代わって蜜柑園を切り盛りしていた。のんびりした雰囲気の県立高校に通っていた哲也が東京の難関大学に合格できたのも、母の生活指導が厳しかったおかげだ。

ミカは続けた。

「で、今は老人ホームで調理の仕事をしているわけですよね」

医師から禁止されている入居者以外には、デザートやおやつとして甘いものを時々は出すはずだ。

「何も知らない人に甘いものを黙って出すのは、犯罪的だって言ってましたが、職場ではどうしてるんでしょう」

あっ、と思った。確かにおかしい。あそこまで言っておきながら、平気な顔をして入居者に甘いお菓子を出すような性格の母ではなかった。

ミカは、自信たっぷりに言った。

「甘いものをやみくもに毒だとは思っていないのでは？　毒だと主張するのには、何か別の理由があるのかもしれません」

ミカの推測が当たっているとしたら、理由は一つしか思い浮かばなかった。母は古民家カフェの計画を潰したいのだ。そのために、甘いものは毒だという主治医の説を曲解して利用している。

青島が柔らかく微笑んだ。

「川野さん、心当たりがあるんですね？」

顔が熱くなった。

「はい……。すみません、くだらない話に巻き込んでしまって」

青島は首を横に振った。

「いえ、いえ。お母さんと話せてよかったですよ。主治医の先生は、ちょっと辛口すぎるようだから。患者さんの不安を煽って生活習慣を変えさせようとするのは感心できません。厳格な制限を求めると、挫折を招きやすいですしね。できれば、もう少しゆっくり話したかった。機会があったら、お母さんに伝えてください。時には自分を甘やかしてもいいので、気長に確実に、生活習慣の改善を続けてくださいって」

どこまでも人がいいのだなと思いながら、哲也は頭を下げた。

疲れ切った様子で帰宅した哲也を見て、麻友は驚いた表情を浮かべた。

「てっちゃん一人なの？　お義母さんは？」

「病院からまっすぐ伊豆に帰った」

「どうして？」

「いろいろあったんだ。一言では言えないっていうか……。拓海が寝た後でゆっくり話すよ」

麻友は戸惑いながらもうなずいた。

「すき焼きの用意をしたけど、どうしよう。いいお肉だから、三人で食べるのはもったいないよね。冷凍しようかな」

「いや、食べちゃおう。次にいつお客さんが来るかなんて分からないんだから」

哲也は、駆け寄ってきた拓海を抱き上げた。

「ばあばは？」

「来られなくなったんだ。でも、三人でおいしいお肉をたくさん食べようね」

拓海は、不満そうに口を尖《とが》らせたが、麻友が背中を軽く叩《たた》くと、諦めたようにうなだれた。かわいそうだがどうしようもない。

鍋をつつき始めるとすぐに後悔した。せっかくの肉の味がろくに分からないのだ。

胸の中には、母への不満が渦巻いていた。

いったい、何が不満で古民家計画を潰そうとするのだ。しかも、芝居まで打って。麻友が拓海を麻友が風呂に入れている間に、食器や鍋を綺麗《きれい》に洗って片付けた。麻友が拓海を寝かしつけている間に自分の入浴を済ませた。

リビングに戻ると、哲也が浴室から出てくるのを待ちかねていたように、麻友がソファから立ち上がった。

ダイニングテーブルに向かい合い、麻友が淹れてくれた温かい緑茶を飲みながら、哲也は今日、病院であったことを話した。これまで麻友には黙っていた、母の甘いものに対する極端な嫌悪感についても、打ち明けざるを得なかった。

母の方便だとは説明したものの、フランス菓子に人生をかけていた麻友にとって、面白い話ではなかったのだろう。終始強張った表情を浮かべながら話を聞いていた。

哲也のほうも、話しているうちに、母に対する不満がどんどん膨れ上がった。

「意味が分からないよ。なんで僕らの邪魔をしようとするんだろう。あの家は自分と里奈の名義だって言うけど、相当なボロ屋敷だぞ。手入れもろくにしないで放置しているだけじゃないか。それに長男が嫁と孫を連れて地元に戻ってくるんだ。母さんにとって悪い話じゃない。感謝の気持ちとか、あの人にはないのかね」

麻友は冷たくなったお茶をすすると、小さな声で尋ねた。

「甘いものが毒だっていうのは……」

「さっきも言っただろ。母さんはそこまで極端なことは考えてないはずだ」

洋館を出た後、砂利道を歩きながら、北林に連絡を取った。簡単に事情を説明して彼の妻に母の様子を聞きたいと頼んだところ、すぐに北林の妻から電話がかかってきた。彼女によると、母はホームの調理場でお菓子や砂糖が毒だという話は一切していないという。

哲也は麻友に頭を下げた。

「ごめん。そんなわけで古民家カフェの話はいったん白紙に戻すしかない。でも、諦めたわけじゃない。必ず母さんを説得してみせるから」

涙を浮かべながら首を横に振っている麻友を見ているうちに、こっちも涙が出てきた。胸も苦しくなってきた。

麻友の夢を叶えてやれないのが悔しい。それればかりではなかった。明日から再び夢も希望もない毎日が始まる。宍戸に嫌みを言われ、槙原に振り回されるのだと思うと、たまらない気分になり、席を立った。

冷蔵庫からビールを出して、ソファに移った。缶のまま口をつけて飲んだ。

麻友はリビングから出て行った。トイレにでも行ったのかと思ったら、そうではなかったようだ。本を手にして戻ってきた。そっと哲也の隣に座る。

「本当にごめんな」

麻友はもう泣いていなかった。持っていた本を哲也に差し出す。英会話のテキストだった。めくってみたところ、几帳面《きちょうめん》な文字で書き込みがたくさんしてあった。

「拓海が幼稚園に行くようになってから、ちょっとずつだけど勉強してたんだ」

この一冊を勉強し終えたら、TOEICの試験を受けるつもりだったと麻友は言った。

「なんでまた英語なんて」

「てっちゃん、言ってたじゃない。いつか技術者として外国に行って、農業指導をしたいって。一緒に行くなら、英語ぐらい話せたほうがいいかなと思って」

バックパッカーをしていた頃、将来、そういう仕事をしたいと思っていた。だから脇田農機に入社したのだ。

結婚する前、麻友にもよくその話をした。でも、今、そんな話を持ち出されても、戸惑うばかりだ。

「でも、麻友は……」

麻友は唇を噛んだ。そして力なく笑った。

「伊豆で古民家カフェをやろうって言われたとき、最初は嬉しかった。自分が作ったお菓子をいろんな人に食べてもらうのが夢だったから。でも、すぐに何か違うって思うようになって」

パティシエは自分の夢だった。でもそれは過去の話だと言うと、麻友は哲也から視線を逸らした。

「てっちゃん、今の仕事が辛《つら》いんでしょ」

哲也は唾を飲み込んだ。

「何も話してくれないけど、それぐらい分かってる。だから伊豆に戻って古民家カフェをやろうって思ったんでしょ。厳しいことを言うようで申し訳ないんだけど……」

麻友はうつむいたまま続けた。

「私やお義母さんのためにっていうてっちゃんの気持ちは疑ってない。でも、一番の動機は逃げなんじゃないかな」

図星をさされてきつかった。でも、自分でも気づいていた。なのに、気づかないふりをしていた。かろうじて声を絞り出す。

「自分なりの夢もある。麻友にも話しただろ」

「カフェを起点に人の交流を広げるとかそういうこと？　悪いけど薄っぺらいなって思った。そういうことを言う人、飲食業界にたまにいるんだよね。地道な仕事を嫌って大きなことばかり考えてる。そういう人が成功したのを見たことないよ」

哲也の頭の中が白くなった。

どれだけそうしていただろう。麻友にそっと肩を叩かれ、我に返った。麻友は、二週間ほど前、母から電話があったと言った。

「古民家カフェを本当にやりたいのかって聞かれた。自分の気持ちを正直に言うか迷ったけど、やりたいですって答えたんだ。今の仕事がそんなに苦しいなら、てっちゃんは逃げたほうがいいと思ってたから。お義母さんは私のモヤモヤを感じ取ったのかもしれない。それでたぶん……」

ありそうな話だと思った。母は察しがいい。麻友が乗り気ではないのを感じ取り、自分の手で計画を潰すことにしたのだろう。

麻友は哲也の手に自分の手を重ねた。

「だからお義母さんをそんなに悪く言わないで。あと、辛くても我慢しろって言いたいわけじゃないからね。海外に連れて行けって言ってるわけでもないよ」

逃げるのではなく、前を向いてほしいと麻友は言った。

人は変わる。夢も変わる。でも、前さえ向いていれば、きっと後悔しない人生を送れるはずだ。

哲也は残っていたビールを飲み干した。苦味を味わいながら、麻友の言う通りだと思った。一人で舞い上がっていた自分が恥ずかしかった。

日曜の夜、意を決して実家に電話をかけた。無視されるかと思ったが、母は電話に出た。

「この間はお疲れさま。いろいろ悪かった」

移住と古民家カフェの計画は白紙に戻すと告げたが、母は無言だった。

「今の仕事が合わなくてね。環境を変えたくて、焦りすぎてたみたいだ」

母は深いため息の後に言った。

「そんなことだろうと思ってたよ。実は何度も聞こうと思ったんだけど……。あんた、就職を決めるとき、将来外国で農業技術者をやりたいって言ってたよね。あれはどうなったの？　お父さんは、その話を聞いて、あんたに蜜柑園を継がせるのを諦めたんだけどね」

父としては、卒業後は地元に戻り、高校の教師でもやりながら、兼業農家になってほしかったそうだ。しかし、黙って息子の夢を応援することにした。

初めて聞く話だ。胸の中に温かいものが広がった。

「今も海外に行きたいと思ってる。でも、そう簡単じゃないんだ。今の職場でチャンスをうかがったほうがいいのか、別の道を探したほうがいいのか。麻友とも相談しながら考えてみる」

鬱陶しい上司と部下に挟まれてはいる。でも、自分には夢があった。亡き父も応援してくれていた夢だ。諦めるのはまだ早い。

「それがいいね」と母は言うと、はずんだ声で続けた。

「そういうことなら、明日にでも調理学校に願書を出してこよう。今の仕事が気に入っていてね。もっと勉強したいんだ。孫の子守りが嫌とまでは言わないけど、私にも夢や目標があってねえ」

そういう事情もあったのか。でも、麻友の想像もきっと当たっている。

そばにいた麻友が自分も話したいと合図を送ってきた。スマホの音声をスピーカーに切り替える。

よそ行きの声で挨拶をした後、麻友は切り出した。

「拓海が寂しがってます。近いうちに遊びに来ませんか？　糖質オフのお菓子を作っておきますよ。たまにはそういうものを食べてもいいんじゃないかって」

「ありがとう。この前会った青島先生もそんな話をしてたね。そうだ。せっかくだから、多めに作ってくれる？　青島先生に送ってあげよう。糖質オフのお菓子は世の中にたくさんあると思うけど、本物のフランス菓子は一味違うから、きっと喜ぶわ」

母の声を聞きながら、この二人には敵《かな》わないと哲也は思った。

悩める港区女子

1

勢いよくカーテンを開く音が聞こえた。朝の日差しが差し込み、部屋が一気に明るくなる。

門脇千尋《かどわきちひろ》は、まぶしさに顔をしかめながら寝具を頭の上まで引き上げた。

頭が重かった。原因は昨日の深酒だ。あと二年で三十歳になる。回復力が落ちてきているのだ。

もうしばらく寝ていようと思いながら、身体《からだ》を胎児のように丸めた。

太ももとお腹《なか》が直《じか》に触れ合う感触があった。なぜパジャマを着ていないのだろう。

そもそも、誰がカーテンを開けたのだ。

眠すぎて頭が働かない。再びうとうとし始めたところで、男の声が聞こえた。

「そろそろ起きて」

はっとするのと同時に、状況を理解した。

ここは赤坂にある五つ星ホテルだ。昨夜、大河原颯太《おおがわらそうた》と二人で泊まったのだった。

颯太は六本木の最新複合施設「六本木バレー」にオフィスを構えるIT企業の経営者だ。一か月ほど前、合コンで知り合った。参加した男性側は若手起業家。女性側は港区界隈《かいわい》で遊びながらハイスペックな男性との出会いを求めるいわゆる「港区女子」だった。

他の子たちと比べると千尋は地味だ。巻髪、フェミニンなワンピースにヒールというい鉄板ファッションに身を固めても、自分で言うのも残念だが垢抜《あかぬ》けない。ノリがいいわけでもなく、経営者、芸能人やスポーツ選手が顔を出すような華やかな席に呼ばれることはほとんどなかった。自分は港区女子といってもAランクではなく、ちょっと足りないAダッシュなのだ。

だから合コンの翌日、颯太に食事に誘われたのには驚いた。しかも、ミシュランガイドに掲載されている有名な鮨店《すしてん》である。

豪勢な食事の後、会員制バーの個室で飲み直しながら、颯太は言った。

「合コンになんか興味はなかった。でも、行ってよかった。きみみたいに素直で優しい女性に会えて嬉《うれ》しい」

「人は見かけではなく中身だ」と力説されたのには困惑したが、颯太の会社は一年後に上場する予定だそうだ。中肉中背で顔立ちもまあまあだし、性格に大きな難があるようにも見えない。周りがうらやむようなハイスペックな男からの誘いを断る理由はなかった。

翌週は、ブランド牛の食べ比べで有名な鉄板焼き店に連れて行ってもらった。「美《お》味《い》しそうにたくさん食べるところが好きだ」と言われ、正式に交際を申し込まれた。そして昨日が初めてのお泊まりだった。ただし、まだ男女の仲にはなっていない。ホテルに行く前に食べた和食店の松葉蟹《がに》のコースが美味しすぎて、二人とも日本酒を飲みすぎてしまったのだ。

足元がおぼつかない状態でチェックインした後、颯太、千尋の順番でシャワーを浴びた。髪を乾かし、すっぴん風メイクを施して部屋に戻ると、先にベッドに入っていた颯太は鼾《いびき》をかいて寝ていた。隣に潜り込んでも目を覚ます気配がなかったので、千尋もそのまま寝入ってしまった。

指先で前髪を整えると、寝具から顔だけ出した。

「おはよう」

寝坊しちゃったと続けようとしたが、すぐに息を呑《の》んだ。颯太の醒《さ》めたような視線に気付いたのだ。昨夜とは別人のようだった。しかもすでに上着を着て靴を履き、鞄《かばん》まで持っている。

颯太はデートの翌々日から四週間の予定でインドのバンガロールに出張だと言っていた。現地企業と合弁会社を作る計画が大詰めなのだそうだ。出発前日の今日ぐらい、ゆっくりするものだとばかり思っていたのだが……。

「ごめん。早く出なきゃいけないんだね」

慌てて謝ったが、颯太は淡々と言った。

「部屋は十一時まで使えるから、ゆっくりしていていいよ。それから……。付き合うっていう話だけど、考えさせて」

千尋は身体を起こした。

「どういうこと？」

寝具が滑り落ち、上半身があらわになる。泡を食いながら寝具を身体に巻きつけていると、颯太がボソボソとした口調で続けた。

「着痩せするタイプなんだね。俺、スリムな子じゃないとちょっと」

顔から血の気が引くようだった。

確かにこの半年で体重が約四キロ増えた。ウエスト周りに脂肪がつき、気に入っていた服が入らなくなった。

顔立ちが変わるほど太ったわけではない。体重だって、医学的な基準に則《のっと》れば余裕で標準の範囲内だろう。それでもこの界隈の基準では太り気味だという自覚はあった。服のサイズを一つ上げ、ウエストをベルトでマークするワンピースやふわっとした袖の服を選んでいたのだが、裸になったらごまかしはきかない。

自業自得かもしれないが、納得できなかった。「人は見かけではなく中身だ」と力説していたのは、どこの誰だ。

千尋の不満を読み取ったのか、颯太は続けた。

「見かけがどうとかいう話じゃない。ダイエットって地道な努力が必要だよね」

自分は良家の出身ではないし、頭が切れるタイプでもない。そんな自分が今の地位を手に入れたのは、人の何倍もの努力を積み重ねたからだ。努力が嫌いな女性に、そんな自分を理解してもらえるとは思えないと颯太は言った。

筋が通っているようではあるが、単にスタイルのいい女性が好きなだけなようにも思える。いずれにせよ「分かりました。では、さようなら」と答える気はなかった。もうアラサーだ。この先、颯太以上にハイスペックな相手がそうそう見つかるとも思えなかった。神様がくれた最後のチャンスをモノにして、新たなステージに進みたい。

そのためにはどうするべきか。

千尋は素早く考えを巡らせた。自分に厳しい人間は、たいてい他人にも厳しいから、泣き落としはたぶん通用しない。

上半身に寝具をしっかり巻きつけ、マットレスに正座をすると頭を下げた。

「正直に言ってくれてありがとう」

千尋の反応に虚を衝《つ》かれたようだ。颯太は落ち着きなく目を瞬《しばたた》いた。つかみはオッケーだと思いながら、千尋は続けた。

「言い訳になっちゃうけど、太ったのには訳があって……。私の勤め先、デールだって話したよね」

　台湾資本の中堅フルーツ輸入会社である。アジア各国からバナナやパイナップル、マンゴーやそれらの加工品を輸入し、小売店に卸している。ちなみに千尋はフィリピン産バナナの在庫管理を担当している。

「夏の終わり頃かな。発注担当の後輩がミスをして、予定量の十倍のマンゴーをタイから仕入れちゃったの」

　後輩は、得意先にフェア開催を提案するなどして、在庫処分を図ろうとしたが、賞味期限が迫り、五百個あまりを社員に原価で販売することになった。

「それでもなかなか売れないから、後輩のメンタルがおかしくなってきて……。見てられなくて大量に買っちゃった」

　颯太は小さくうなずいた。

「きみは優しいから」

　そんなことない、というように首を横に振る。

「飲み会で配るつもりだったんだけど、私、外資系勤務だって周りに言ってるじゃない。仕事の中身がバナナの在庫管理だってバレたら、バカにされそうで」

　昔の合コン仲間に笑いものにされた経験があると打ち明けると、颯太は憤慨するように鼻を鳴らした。

「ひどい子がいるんだね」

「見栄《みえ》を張ってた私もいけなかったんだ。フルーツが好きで選んだ仕事なのにね」

颯太は感心するように、何度もうなずいた。

「話が逸《そ》れちゃったけど、そういうわけでマンゴーを毎日二つずつ食べてたの。太るのは当たり前だよね。どうにかしなきゃとは思ってたんだけど……」

顔を寝具にうずめてうなだれた。

実際にはマンゴーの食べすぎだけが原因ではない。その頃付き合っていた商社マンに二股をかけられていたと判明したのだ。千尋のほうも、よりハイスペックの男を求めてひそかに合コンを続けていたので文句を言える立場ではなかったが、結婚を意識し始めており、結構ショックだった。気を紛らわすため、やけ食いに走ってしまったというのが本当のところだ。

太り始めたと気づいたときには、信じられなかった。子どもの頃から痩せ型で、食事制限や運動は必要ないと高をくくっていたのだ。三十路《みそじ》近くになると体質も変わるらしい。一念発起して自宅近くの庶民的なフィットネスジムに入会してみたが、二週間みっちり運動しても体重はまったく落ちず、挫折した。

でも、それをこの場で言う必要はない。嘘《うそ》をつくのはアウトだけど、黙秘は権利だ。

顔を上げると目を強く瞬き、颯太を見た。

「でも、颯太さんの言葉で目が覚めた。ダイエット、頑張ってみる」

表情を和らげると颯太は鞄を椅子に置き、ベッドの端に腰を下ろした。

「そういうことなら協力させて」

危ないところだった。ほっとしていると、颯太は意外なことを言い出した。

「俺が行ってたジムはどうかな」

筋トレマシンを自宅に導入したのを機に退会したが、設備がとにかく素晴らしいという。場所は、六本木にある颯太のオフィスの近くだと聞いて躊躇《ちゅうちょ》した。渋谷区の端にある千尋の自宅からも、目黒にある勤務先からも遠い。六本木界隈で遊ぶ前に、ジムに行く手はあるが、髪やメイクのことを考えると、気乗りがしなかった。

そもそも、ジム通いはすでに一度挫折している。

「ありがとう。でも、とりあえず食事に気をつけてみようかな」

颯太は首を横に振った。

「あれは食べられない、これはダメだっていう子と食事に行っても楽しくないよ。ダイエットをしてるからって、出されたものを平気で残すのって、作った人に失礼だし」

そうだった。颯太は、美味しそうにたくさん食べる子が好きなのだ。

「運動を頑張って食事制限はほどほどに。それが理想じゃない？」

目をのぞき込まれ、うなずくほかなかった。

「これからジムに手続きに行こう」

「そこまで急がなくてもよくない？」

「俺、明日からインドだから。帰ってくる頃には、シュッとしてるかな」

そんなに簡単に痩せるわけがないと思ったが、颯太は上機嫌だった。

「努力を続ければ、結果は必ずついてくる。そうだ。年末にハワイでクルージングパーティーがあるんだ。一緒に行こうよ。それを目標にすれば、頑張れるでしょ」

気づかれないようにため息をついた。年末まで二か月足らずしかない。体形をカバーできる水着の着こなしを研究しなければ。

すごろくの「あがり」は目前だと思っていた。でも、一つ間違えば振り出しに戻る。

颯太が日本を出てからおよそ二週間が経《た》った。その日は土曜日だった。空《す》いている朝のうちに、ジムへ行くことにした。週三のペースで通うと颯太に約束したが、今週はまだ二度しか行っていない。

颯太とは毎日のようにメッセージをやり取りしていた。千尋が自分の助言に従ってジム通いをしているのがよほど嬉しいようだ。人気ブランドの新作バッグをお土産として買ってきてくれるそうだ。

ハイスペックな相手と付き合えば素敵な暮らしができる。そのためなら、ジム通いぐらい我慢しなければと思いながら、重い腰を上げた。

地下鉄の駅から地上に出ると、高層のオフィスビル、住居棟やブランドショップ、飲食店などが集積した、六本木バレーに向かった。この中を通り抜けるのが、ジムへの近道だった。

この時間にここを歩くのは初めてだった。東京タワーが見える場所を通りかかったとき、微妙な気分になった。ライトアップされていないと、まるで昭和の遺跡みたいだ。住居棟のバルコニーの外側に並んでいるお仕着せの植え込みも、しょぼくれて見えた。この街には朝より夜が似合う。

それにしても気が重い。ジムに通い始めて二週間だが、痩せる気配はまったくなかった。

トレーナーに作ってもらったメニューがきついから、自己判断で負荷を下げたりメニューを減らしたりしているせいだろう。食べすぎてしまうのも問題かもしれない。運動をするとお腹がひどく空くのだ。

今日も、マシンメニューをこなしただけで疲れ切ってしまった。ランニングマシンを使った有酸素運動は省略してスパに向かった。

このジムのスパだけは、おおいに気に入っていた。ジャグジーやサウナが備え付けられているのはもちろん、岩盤浴もできる。パウダールームも明るく清潔で、ゆったりしていた。備え付けの基礎化粧品はもちろん高級ブランドのものだ。

前に二週間だけ通った庶民的なジムのバスルームでは、カランの場所取りで会員たちが小競り合いを繰り広げていた。ここではその手の不毛なトラブルがなくて快適だ。

岩盤浴でたっぷり汗をかいた後、ミネラルウォーターで喉を潤しながらパウダールームで髪を乾かした。備え付けの基礎化粧品で肌を整えていると、ふいに背後から声をかけられた。

「あら、久しぶり」

満面に笑みを浮かべた女が鏡に映っていた。バスローブを羽織り、タオルで髪を包んでいるせいか、誰だか分からない。すっぴんとはいえ、顔色が悪いのも気になった。

「えっと……」

「チピータでしょ？」

バナナの有名ブランドをもじったあだ名で呼ばれ、ようやく分かった。

岩崎咲良《いわさきさくら》だ。三つ年上の売れないフリーアナウンサーで、かつての合コン仲間である。容姿端麗でノリも思い切りもいい。

疎遠になったのは、咲良が飲み会に参加する対価としてお金を受け取る「ギャラ飲み」を始めたからだ。人気アプリに登録し、主要メンバーとして荒稼ぎをするようになった。ギャラ飲みで検索したらトップに出てくる有名アプリだけあって、客層もギャラもいいと聞いて、千尋も試しにアプリに登録してみた。一度だけ参加もしてみたが、奢《おご》ってもらうだけならともかく、お金をもらうのは、何かが違う気がしてアプリを退会した。

千尋は鏡越しに咲良を軽くにらんだ。

「その呼び方、止《や》めてもらっていいですか？」

「今もバナナの仕事をしてるんでしょ」

だからどうしたと思いながら、鏡に映る彼女の身体をチラ見した。さっきから気になっていたのだが、咲良はモデル並みのスリムでキレのある体形になっていた。以前はどちらかと言えば肉感的なほうだったのに、いったいどうやって痩せたのだろう。

咲良は千尋の隣の椅子に座ると、顔にコットンで化粧水を塗り始めた。顔色が悪いのを気にしているのか、鏡に顔を近づけ、あちこちチェックしている。乳液を頬に擦り込みながら、咲良は鏡越しに視線を送ってきた。

「噂《うわさ》、聞いたよ。有望そうな起業家を捕まえたんだって？」

まだそこまでいっていない。でも、否定する必要もなかった。

「そんな感じです」

「やるわね。このジムの会費も出してもらってるんでしょ。バナナ会社のＯＬに手が出る値段じゃないもの」

無視していると、咲良はあっけらかんとした口調で続けた。

「結婚を前提に付き合うなら、スポーツ選手や芸能人より、経営者だよね。資産総額の桁が違うもの。彼氏、起業家仲間でパーティーとかやってるんでしょ。今度私も呼んでよ」

あんたなんか呼ぶもんかと思ったが、面と向かって断るのも面倒だ。

「今、長期出張中なので、帰ったら聞いてみます」

千尋にその気がないのが見え見えだったのだろう。咲良は一瞬、微妙な表情を浮かべたが、すぐにおもねるような笑みを浮かべた。

「ぜひお願い。三十を超えると、いろいろ大変なのよ。仕事のほうも、次々若い子が出てくるから厳しくてね。いろんな意味で年貢の納め時かなって」

切実な口調に、つい同情を覚えた。

「まだいけますよ。咲良さん、すごく痩せたじゃないですか。このジムでパーソナルトレーナーとかつけてます?」

頼んだほうがいいと颯太に言われたが、監視されるようで嫌だったので自分は断っていた。

咲良はパッと笑みを浮かべ、得意げに鼻をうごめかした。髪を包んでいたタオルをほどくと、椅子の位置をずらし、千尋に身体を近づけた。うつむき、周囲に聞こえないような小さな声で言う。

「運動なんかじゃ痩せないよ。このジムは、パパが家族会員にしてくれたから、スパ目的で時々来てるだけ」

パパ活にまで手を出しているのか。それとも実の父親が会員なのか。いや、それはどうでもいい。問題はどうやって痩せたかだ。

「ひょっとして脂肪吸引とか？」

手っ取り早く痩せるにはそれだと思ったが、施術の跡が残ったら、努力を放棄したことが颯太にバレる。それでは意味がないので、二の足を踏んでいる。

外科的な施術は受けていないと咲良は言った。

「実はよく効く薬を飲んでるんだ。普通にご飯を食べていても、一か月で六キロ落ちた」

「そんなに？」

「夢の痩せ薬って言われてるんだって。ちょっと高いけど、あと一か月ぐらい飲もうと思ってる」

「サプリとかですか？」

「そうじゃなくて、お医者さんに出してもらった肥満治療薬。日本では承認されてかないけど、海外のセレブの間で大人気だから、先生が試験的に個人輸入してるんだって」

自分に必要なのは、まさにその薬だ。

「どこで手に入るんですか？」

咲良は、はっとしたように口元に手を当てると、首を横に振った。

「ごめん。他言無用って言われてたんだ」

効果を見極めるため、試験的に輸入したもので、在庫に限りがある。すでに服用を始めている二人と、自分を含めた三人の分程度しかなく、新規の患者は受け付けていないそうだ。

「私は三人の中に滑り込めて超ラッキーだった。チピータは次のチャンスを狙えば？追加輸入が決まったら教えてくださいって先生に頼んであげようか」

それでは遅すぎる。

「お医者さんの名前だけでも教えてもらえませんか？」

咲良の話を聞く限り、服用期間が厳密に決まっているわけではなさそうだ。一人分ぐらい、きっとどうにかなる。在庫管理をやっているのでそのあたりは想像がついた。

「ウチの彼、年末に仲間とハワイでクルージングパーティーをやるそうなんです。咲良さんも必ず誘いますから。航空券やホテルも準備してもらうようにします」

トレーニング仲間だと言えば、たぶん颯太は断らない。咲良の目が光った。しばらくの間首を傾《かし》げていたが、悪くない取引だと考えたのだろう。小声で切り出した。

「宗方《むなかた》美容外科って分かる？」

「あそこでしたか」

港区界隈で遊んでいる女子の間で有名な美容外科クリニックだ。比較的安い料金で施術してくれる。院長の宗方由乃《よしの》がマスコミ露出も多い美人ドクターということもあり、人気があった。千尋も女子大を卒業する少し前、そこで奥二重を二重に直した。勧められて、系列の歯科医院で歯列矯正もした。

承認されていない薬には、多少リスクもあるはずだ。でも、有名なクリニックなら安心だろう。

「私から聞いたって言わないでよ。守秘義務がどうとかいう契約書にサインしてるから」

「もちろんです。ホンっと、助かります」

咲良はうなずきながらドライヤーに手を伸ばした。

「ハワイ、楽しみだなあ。私、本気だからね。チピータも協力してよ」

咲良はドライヤーを持っていないほうの手を上げた。ハイタッチをしたいようだ。

仕方なく千尋も手を出した。咲良と手を合わせようとして、息を呑んだ。咲良の手が明らかに震えていたのだ。

何かの病気だろうか。そういえば以前会社の先輩女性で、身体が震える人がいた。甲状腺の病気だという話だった。治療に専念するため退職したから、その後どうなったかは分からない。

咲良も千尋の視線に気づいたようだ。

「ゴルフのやりすぎみたい」と言いながら、手をひっこめた。

2

十二月の初旬、颯太がインドから帰国した。

――体重は減っていないが、ジムには週三回のペースで通っている。

スマホのアプリに記録しているジム通いの履歴を見せながら、そう報告した。

颯太は千尋の体形がまったく変わらないのが、やや不満そうだった。ハワイ旅行までに、どうにかならないのかと嫌みっぽく言われた。しかし、痩せようとする姿勢は評価すべきだと思ったのだろう。約束のバッグのほか、有名化粧品メーカーのクリスマス限定コフレも買ってきてくれていた。日本では毎年発売とほぼ同時に完売になる人気商品だ。

颯太の手前、週に三度のジム通いは続けるつもりだが、運動を頑張る気はもはやなかった。例の薬を無事に手に入れることができたからだ。

咲良から話を聞いた翌週、宗方美容外科クリニックに行った。宗方院長は、前に会ったときよりさらに美しくなっていた。クリニックが繁盛するのは当たり前だ。

痩せ薬を所望したところ、シレッとした表情で「そんなものはない」と言われた。そう言われると思っていた。存在を知っているとにおわせ、最後は泣き落としのような形で、了承を取りつけた。

そこまで強引なことをしたのは初めてだ。ダッシュつきの人間だって、やるときはやるのだ。ただ、値段には正直なところ驚いた。一か月分で百万円だというのだ。かなり痛い額だったが、将来への投資だと自分に言い聞かせ、カードを切った。

その後、薬を渡される前に細々《こまごま》とした説明があった。

白い錠剤は、シートではなくガラスの小瓶に入っていた。しかも、瓶のラベルは手書きだ。日本で承認されていない薬を個人輸入して提供しているので、簡易容器に入っているのだそうだ。

他言してはいけない理由もよく分かった。

日本で承認されていない薬を医師が自らの判断で輸入して責任を持って患者に処方

するのは、法的に問題ないが、頭が固い連中の中には、文句をつけてくる者もいる。妙な形で話題になったら輸入を続けにくくなる。下手をすると、禁止されてしまうかもしれない。そういう事態を避けたいのだという。

さもありなんと思った。例えば、SNSに「夢の痩せ薬」の情報を上げたら、瞬く間に拡散される。そうなったら必ずアンチが湧いてきて、妨害工作を始めるのだ。

最後に秘密保持を約束する契約書にサインもさせられた。文章が難しくて正確な内容は分からなかったが、情報を漏洩《ろうえい》したら違約金を取られるらしい。

その日から、朝晩指示された通りに薬を服用している。まだ変化はないが、心配はしていない。三週間目から効果が出始めると聞いている。その時が楽しみだ。

颯太は、咲良をハワイに招待する件についても、何とかOKしてくれた。最初は断られた。咲良の名前を伝えたところ、その場で検索して、「三十路の売れないフリーアナウンサーだろ」と顔をしかめたのだ。しかし、ジムで再会した昔の友人で、今はトレーニング仲間だと説明すると、渋々ながら了承してくれたのだ。咲良にも早速伝えたところ、たいそう喜んでいた。

そんな具合に物事はおおむね順調に進んでいる。ただ、昨夜は少し焦った。宗方とニアミスした挙句、彼女の私生活を垣間《かいま》見《み》てしまったのだ。

元麻布《もとあざぶ》にあるイタリアンの一軒家レストランに颯太と二人で入ろうとしたときだ。

ゴージャスな美人が店から出てきた。診察室では結っている髪を鎖骨まで垂らし、胸を強調するデザインのドレスをまとっており、メイクも濃かったので、すぐに本人だとは分からなかったが宗方だった。挨拶しようか迷ったが、どういう知り合いかと颯太に聞かれたら困るので、相手の反応をうかがうことにした。

宗方は千尋に気づいているのかいないのか、まっすぐ前を見て、ハイヒールの音を響かせながら店を出て行った。眼中にないとはこのことかと思いながらそっと振り返ったところ、店の前のアプローチにグレードの高そうなドイツ車が停《と》まっていた。運転席からいかつい身体をスーツに包んだ男が降りてきて、宗方のために、助手席のドアを開けた。

その方面に詳しくない千尋にも、筋のよくない人間だと察しがついた。挨拶しなくてよかった。宗方はともかく、あんな男と関わりがあると勘ぐられたら、自分の印象は地に落ちる。

クリスマスを翌週に控えた水曜日、千尋はおよそ五年半ぶりに多摩《たま》地域にある地元に帰った。母方の祖母の希望で亡き母の法要を久々に行うと父から連絡を受け、有給休暇を取った。

このところ、身体がだるかった。昨夜、颯太と二人で行くはずだったプレクリスマスパーティーは欠席した。今日も部屋でゆっくりしたかったが、祖母に会いたかったので無理をして出てきた。法事なので、髪を巻いたり、手の込んだメイクをしたりする必要がないのがありがたい。

新宿から急行電車で約三十分、各駅停車に乗り換えて十分ほどで千尋の地元に着く。駅前から昔ながらの商店街を西に向かって数分歩いたところに、門脇不動産はあった。いわゆる街の不動産会社だ。三階建ての自社ビルで、一階が店舗、二階以上が住居になっている。千尋はここで生まれ育った。裕福と言うほどではないが、生活に困っているわけでもない、平凡な三人家族だった。

一家を悲劇が襲ったのは、千尋が小六のときだった。秋の運動会の前日、母がくも膜下出血で倒れ、翌日息を引き取ったのだ。

その後、中学を卒業するまでの四年間は、父と二人で肩を寄せ合うように暮らした。寂しかったが、自分が不幸だとは思わなかった。父はどんなに忙しくても、千尋を気にかけてくれたし、商店街に軒を連ねる店主たちも親切だった。こんなふうな暮らしをしながら自分は大人になるのだろうと思っていた。ところが、中学を卒業した頃に、父が再婚すると言い出した。相手は父より二回り下の二十四歳。商店街にある喫茶店の従業員だった。

新生活は千尋にとって苦痛の連続だった。新妻が父の健康を意識して作る食事は千尋の口に合わなかった。彼女が洗面所や風呂を使った後、抜け毛が何本も落ちているのに苛立《いらだ》った。何より辛《つら》かったのは、母が大事にしていた家具や食器が、次々と彼女が選んだものに置き換えられていったことだ。

あの女は母の痕跡を家から消したがっている。父もそれを容認している。そう悟ってから、家に帰るのが嫌になった。連日夜遅くまでコンビニやファストフード店でアルバイトをした。

高校三年生の夏、父から彼女が妊娠したと告げられた。父は「一人暮らしをさせるから、進学してくれ」と千尋に頭を下げた。邪魔者を追い出すのかと腹が立ったが、冷静に考えると悪い話ではなかったので一念発起して受験に臨んだ。第一、第二志望の学校は落ち、合格したのは乃木坂《のぎざか》にある女子大だけだったが、父は「おめでとう」と言って送り出してくれた。

あれから十年。妹の顔は見たことがない。結婚の話が持ち上がったら、颯太に父の家族も紹介しなければならないのだろうか。高いハードルだが、なんとか乗り越えなければと思いながら、千尋は店の中をのぞき込んだ。

父は店の奥にあるカウンターで書類仕事をしていた。前に会った時と比べて少し痩せたようだ。

法事は、車で十五分ほどの寺で行う予定だ。父が車に乗せて行ってくれる予定だが、約束の時間より三十分ほど早く着いてしまった。父は時間ギリギリまで仕事をするつもりなのだろう。どこかでお茶でも飲みながら時間を潰すことにする。

商店街をまっすぐ西に進むと、初めて見るカフェがあった。以前は履物店があった場所だ。ガラス戸から中の様子を探った。午後一時を回ったばかりだが先客はいないようだ。

ドアを開けるとカウベルが鳴った。カウンターの中にいる女性に会釈をして店の奥にある二人掛けの席へ向かった。コートを脱いで椅子の背にかけ、ジャスミンティーを注文するとスマホのチェックを始めた。

ＳＮＳには、知り合いの女の子たちが、プレクリスマスパーティーの様子を投稿していた。行きたかったなと思いながら眺めていると、カウベルが鳴った。新たな客が入ってきたのだ。大柄な女性だった。色の褪《あ》せたダウンジャケットを羽織り、ブリーチした髪を頭のてっぺんでまとめている。カウンター席につくとメニューを見ずに日替わりランチプレートを注文した。

スマホに視線を戻そうとしたときだ。さっきの女性が声をかけてきた。

「もしかして千尋？」

くっきりとした二重に見覚えがあった。

「キリちゃん？」

城山桐子《しろやまきりこ》が、顔をくしゃくしゃにして笑った。中学時代の同級生で、実家は商店街にある美容院。本人も美容師だ。桐子はお冷の入ったコップを持って千尋のテーブルに移ってきた。

「今日は実家に用事？」

「母の法事が近くのお寺であるんだ。店で父と待ち合わせなんだけど早く着きすぎちゃって」

「家で待てばいいのに」

「あの人がいるから」

桐子は軽く目を伏せた後、言った。

「この前、商店街の寄り合いで挨拶された。千尋のこと気にしてたよ。妹さんに会ってほしいみたい」

興味はなかった。父はともかく、あの二人は家族じゃない。桐子は肩をすくめて話題を変えた。

「最近どう？　前に会ったときは、六本木や麻布で遊んでるって言ってたけど」

「今もそんな感じ。キリちゃんは？」

離婚して二人の子どもと実家に戻ったのだと桐子は言った。母の店を手伝っているが、今日は午後から予約があまり入っていないので、母に店を任せて出てきたのだという。

「近いうちに店を継ごうと思ってるけど、場所がいまいちだから移転の相談を千尋のお父さんにさせてもらってるんだ」

桐子が注文したランチプレートが運ばれてきた。ハンバーグに添えられた山盛りの千切りキャベツが見るからに新鮮だ。箸を手に取りながら桐子が尋ねた。

「さっきから気になってたんだけど、大丈夫？」

「何が？」

「顔色がすごく悪い。あと手が……」

何だろうと思いながら自分の手元を見て驚いた。細かく震えている。

「誤解だったら悪いんだけど、ドラッグとかじゃないよね？」

「つまらないこと言わないで」

強い口調で否定したものの、はっとした。ジムで会ったときの咲良の様子を思い出したのだ。

桐子が複雑な表情を浮かべながら箸を置いた。

「思い当たることがありそうだね」

「ドラッグなんかやってない。でも、お医者さんで出してもらった薬が気になるかも」

その医師が個人輸入している薬だと言うと、桐子はポケットからスマホを取り出した。

「薬の名前は？」

「分からない」

宗方からは肥満治療薬、あるいは痩せ薬としか聞いていなかった。飲み忘れを防ぐために薬の瓶を持ち歩いているが、手書きのラベルには、番号しか書かれていない。

「いったいなんの病気なの？」

千尋は黙ってうつむいた。桐子にはおせっかいなところがあった。中二の頃、好きな男子の名前を教えたら無理やり告白させられそうになった。それはともかく、例の薬について話す気はなかった。

桐子は無言で箸を再び手に取ったが、何かを思いついたように顔を上げた。

「別のお医者さんに相談したら？　この前、お客さんからいい先生がいるって聞いたんだ。青島《あおしま》総合病院って分かるよね」

倒れた母が運び込まれた病院だ。隣駅から病院の前までバスが出ている。

「そこの総合内科で医療相談が受けられるんだって。初診は千円だって言ってた。電話してみなよ。担当医はイケメンらしいし」

美容院の客の口コミなんて当てにならない。そもそも、痩せ薬について他人に話すわけにはいかない。秘密保持の契約書にサインしているのだ。

「そろそろ行かなくちゃ」

テーブルに置かれた伝票を取ろうとしたところ、桐子に手首をつかまれた。

「こんなに震えてる。電話しようよ。どうしても嫌だって言うなら、私からお父さんに話をする」

それは困る。父には知られたくなかった。

放っておいてくれと言おうとしたが、その前に桐子がもう片方の手でスマホを操作し、電話をかけ始めた。相手が出るのを確認すると、マイクをスピーカーに切り替える。

「青島総合病院の総合内科ですか？　予約をお願いしたいんですが」

女性が明るい声で答えた。

「簡単に相談内容を教えてもらえますか？」

桐子に目で促されたが、千尋は無視を決め込んだ。しびれを切らしたように、桐子がしゃべりだす。

「港区界隈で遊んでいる友だちが、得体の知れない薬を飲んでいるみたいなんです。体調が悪そうなので、相談に乗ってやってもらえませんか。今日の夕方あたり、連れていきたいんですけど」

おせっかいにもほどがある。十年以上経っても、人の性格は変わらないようだ。

とはいえ、正直なところ自分の身体が心配ではあった。危険な薬ならさすがに飲み続ける気はない。その一方で、体調不良の原因が薬ではないなら手放したくなかった。咲良という前例を見る限り、効果があるのは確かなのだ。

「四時半ですか。確認してみますね」

そう言いながら目くばせをしてきた桐子に、千尋はうなずいてみせた。

相談してみよう。宗方の名前、そして薬の現物を出さなければ、たぶん守秘義務違反にはならない。


法事の後、千尋は体調不良を理由に、会食を欠席した。相当顔色が悪かったようで、父はもちろん祖母も、千尋を引き留めようとはしなかった。

タクシーを適当に拾うからと言って寺の駐車場で他の参列者たちと別れた。通りまで出るとすぐに桐子が車で現れた。法事の終了時刻から予約の時間まであまり間がなかったので、乗せて行ってくれることになったのだ。さすがに診察室までついてくる気はないようで、病院の門の前で降ろしてくれた。

青島総合病院を訪れるのは、母の死以来、初めてだ。病院の建物は、記憶にあるより何倍も大きかった。おそらく、建て替えたのだろう。

桐子から聞いたところによると、総合内科はこの建物ではなく、裏の雑木林の中にあるそうだ。

教わった道順通りに歩いて行くと、子どもの頃、児童書で見たような形の家が現れた。

小柄な若いナースに先導され、待合室を抜けて診察室に入った。医者は噂にたがわずイケメンだ。ただし、なぜかボトムスはハーフパンツだった。ナースの制服がオレンジ色なのも違和感しかない。

緊張しながら丸椅子に腰を下ろすと、イケメン医師が微笑《ほほえ》んだ。

「門脇千尋さんですね。青島倫太郎《りんたろう》です」

医者とは思えないような腰の低さで頭を下げると、診察用のベッドに座って足をブラブラさせているナースを見た。

「こちらは、ナースのミカちゃん。港区界隈で遊んでいる女性に興味があるそうです」

戸惑っていると、ミカと呼ばれたナースはペコリと頭を下げた。

「ここの総合内科、儲《もう》かってないんです。あたしのお給料、ものすごく少なくて」

ミカは身体を前に乗り出した。

「門脇さん、ギャラ飲みとかやってます？　おじさんと飲めばいいだけの簡単なお仕事ですよね？　やってみたいかも」

呆《あき》れながらも、ミカを観察した。小柄だけど、小動物みたいで愛くるしい。物おじするタイプでもなさそうだし、案外うまくやれるかもしれない。でも、お勧めはできない。そもそも、こんな田舎にある職場から終業後、港区界隈に出かけていくのは大変だ。

「やめたほうがいいんじゃないかと」

「そうそう。ミカちゃんには無理」

茶化すように言う青島をミカはにらんだ。

「やってみないと分からないじゃないですか。門脇さん、参加方法だけでも教えてくださいよ」

経験があると言いたくなかった。

「友達に聞いたんですが……。アプリに登録するみたいです。検索したらすぐに出てくるようです。でも、危険もないわけじゃないと思うし」

青島がうなずく。

「そういうこと。やめときなさい」

ミカは肩をすくめると、ベッドから滑り降りた。

「じゃあ、ここの評判を上げて患者さんを増やすしかないですね。先生、その時は給料アップをお願いしますね」

「頑張ります」

青島は笑いながら言うと、千尋に向き直った。のんびりした口調で話を始める。

「ご友人によると、体調不良の原因が、今飲んでいる薬の副作用ではないかと心配しているとか」

するりと本題に入った。千尋の頭の中で警報が鳴った。さっきの雑談は、予約の電話を自分でかけられないほどかたくなだった千尋の気持ちをほぐす目的だったのだろう。青島は見かけによらず、策士なのかもしれない。

黙っていると、青島は続けた。

「どんな不調があるんですか？」

「手が震えるんです。あと、なんだかだるくて」

「顔色も悪いですね。自覚症状が出てから、医師の診察を受けたり、血液検査を受けたりしましたか？」

「いえ」

「でしたら、一般内科を受診した方がよさそうです」

血液検査を受けるようにと青島は言った。手が震えるのは、体内で甲状腺ホルモンが過剰に作られ、分泌されるバセドウ病の症状の一つだという。その病気には体重が減少するといった症状もあるという。

　それを聞いてヒヤッとした。自分はまだ痩せてはいないが、咲良にはそっくりそのまま当てはまる。あの痩せ薬には、甲状腺ホルモンが入っていたのだろうか。

「ところで今飲んでいるのはどんな薬ですか？」

「それはちょっと」

「言えない理由があるんですか？　例えば違法性のある薬物だとか」

　ドラッグの使用を疑われるのは不本意だ。それに、この質問に答えなければ、話は先に進まないだろう。

「痩せ薬です。肥満治療薬だって言われました」

　思い切って言うと、青島が大きくうなずいた。

「肥満治療薬でしたか。最近、よく聞きます」

「えっ、そうなんですか？」

　その薬には食欲を抑える効果がある。本来は肥満度が一定以上で糖尿病や高血圧などを併発している患者に処方するものだ。

「なのに最近ではひそかにダイエット目的の人、つまり本来処方してはいけない人に出す医者がいるみたいなんです。由々《ゆゆ》しき問題です」

　宗方が処方したのもその薬だろうか。

しかし、宗方は日本では承認されていない薬だと言っていた。青島の口ぶりからすると、彼が言及している薬は、国内で普通に使われているようだし、手の震えなどの症状が起こるバセドウ病とも関係なさそうだ。

考え込んでいると、ミカが言った。

「そういえば昔、中国製の痩せ薬に甲状腺ホルモンが入っていて、飲んだ人がバセドウ病になったとかいうニュースを聞いたことがあります」

「えっ、そうなの？」

「その頃、先生はアメリカにいたから知らないんじゃないかな」

青島は千尋に視線を向けた。

「その薬、持ってませんか？　現物を見れば、はっきりしそうです」

契約書のことが頭をよぎったが、薬の正体を知りたい気持ちには勝てなかった。例の小瓶をバッグから取り出して青島に渡した。

青島はラベルをしげしげと眺めると、瓶をいったんデスクに置いた。瓶のふたを開け、中に入っている錠剤を取り出して、顔の前に近づける。

「識別コードがありませんね」

たいていの薬は、錠剤でもカプセルでも、表面に識別コードが刻印されているのだという。

「形もさっき話した薬とは違います。さらに言えば、なんだかいびつだ。識別コードを消すために表面をやすりかなんかで削ったのかもしれない。こんな瓶に入っている理由も分からないし……」

青島は千尋をまっすぐに見た。

「これ、一瓶いくらで買いましたか？」

――得体の知れない薬を高額で売りつけられたのではないか。

そう指摘されているのだ。頭の中が真っ白になりそうだ。なのに、頬は熱かった。うつむくと、膝の上の両手が震えていた。

「百万円です」

ミカがグッと喉を鳴らした。千尋は顔を上げた。ミカは怒りを抑えられないように、奥歯を嚙《か》み締《し》めていた。

でも、効果はあるはずなのだ。その証拠に、咲良は痩せていた。

千尋を諭すように青島は話し始めた。

「今ある情報だけでは、この薬が門脇さんの体調不良の原因かどうか分かりません。でも、これだけは言えます。この薬の服用はただちに止めてください」

「……はい」

「そして、内科を受診する。それと、もう一つ。その薬はどこの医者が出したんですか？」

青島から目を逸らし、首を横に振った。それだけは口にしたくなかった。青島も薄々事情を察しているのだろう。デスクに置いてあった瓶を再び手に取った。

「一錠もらっていいですか？　分析に出してみます」

「それも困ります」

青島は一瞬眉を寄せたが、すんなり瓶を渡してくれた。バッグに瓶をしまっていると、青島が言った。

「最後はお願いです。この薬を飲んでいる人を知っていたら、その人に僕の指示を伝えてください。必ずですよ。これは命に関わる問題かもしれない」

命に関わる問題……。

呆然《ぼうぜん》としながら、バッグを胸に抱えた。目をぎゅっと閉じると、涙がにじんできた。あの薬が危険だなんて信じられない。でも、青島が真剣なのは確かだ。なぜこんなことになったんだろう。幸せになりたかっただけなのに。しゃべりすぎたのも怖い。違約金を請求されたらどうしよう。

歯の根が合わなかった。全身の震えが止まらない。

ひそやかな足音がしたかと思ったら、背中に温かいものが置かれた。ミカの手だった。

「この後、ウチの一般内科に行きましょう。あたし、付き添います。先生は内科に電話して、必要と思われる検査の指示をしてください」

「分かった。すぐに電話しよう」

青島はそう言うと、ハキハキとした口調で電話をかけ始めた。


検査は夜までかかった。血液検査のほか、エコー、エックス線検査などを受けた。甲状腺ホルモンの数値に異常もなかった。

腎機能がやや低下しているとのことだったが、他に大きな問題はなかった。

検査技師も問診を担当した医師も、体調に関すること以外は何一つ聞かなかった。青島とミカが、配慮してくれたのだろう。頭が混乱していたのでありがたかった。

検査の合間に、咲良に何度も連絡をした。返信がないので、青島の指示を文章にしたダイレクトメッセージを送った。同じ薬を服用している子を知っていたら、メッセージを転送してほしいとも伝えた。もちろん、宗方には内緒だと何度も念を押した。

メッセージを開いたことを示す既読マークはついたが、咲良からの返信はなかった。

自宅に戻ったのは深夜だった。シャワーも浴びず、ベッドに倒れこんだ。

朝、目が覚めるなり、スマホをチェックした。颯太から着信が何度かあったが、咲良からはメッセージも電話の着信もなかった。

咲良はずぼらなところがある。まめに返信をよこすタイプではなかった。腹を立てている可能性もあった。自分が紹介した薬を危険だと言われたら、彼女としては面白くないだろう。

既読はついたのだから、メッセージは伝わっているはずだった。しばらく様子を見るほかなさそうだ。

服薬は止めたものの、手の震えやだるさは残っていた。木曜は会社に行く気になれず、休みを取った。金曜ははずせない会議があったので出社したが、一日中気もそぞろだった。

退社間際に颯太から食事の誘いがあったが、体調が悪いと言って断った。颯太が悪いわけではないが、事の発端が彼にあると思うと行く気になれなかったのだ。

土曜日の朝、目が覚めると、妙に身体が軽かった。手の震えも止まっていた。あの薬に問題があったのかもしれない。その実感がようやく湧いた。

依然として咲良から連絡はなかったが、どうにかして彼女と連絡を取りたかった。

SNSの友だち一覧の中から、咲良と共通の知り合いを探し出した。ベッドに寝転がったまま、ダイレクトメッセージを打ち込んだ。

――咲良さんと連絡取りたいのにつながらない。

すぐに返信が来た。

──あの人、水曜の夜にバーで倒れたんだ。意識不明の重態で東都《とうと》大学附属病院に入院中だって。

──ホントに？

──お見舞いに行きたいけど死んでたらどうしよう。

メッセージは伝わったはずだが、遅すぎたのだ。全身の血が凍りつくようだった。

スマホをベッドに放り出し、顔を枕にうずめた。

やっぱり、あの薬は危険だったのだ。咲良の話によると、ほかにあと二人、あの薬を飲んでいる子がいるはずだ。

上半身を起こした。ベッドの上に正座する。

彼女たちに、薬の服用を止めるように伝えなければならない。今この瞬間にも、二人目、三人目の犠牲者が出ている可能性もある。

瞼《まぶた》の裏に宗方の顔が浮かんだ。いかつい男の後ろ姿がそれに重なる。

怖かった。黙っていれば、関わらずにすむかもしれない。でも、見て見ぬふりをしたら、きっと後悔する。誰かを見殺しにしたかもしれないと思いながら、何食わぬ顔をして生きていけるほど強くない。ダッシュがつく自分に、そんな度胸はない。

スマホを拾い上げ、青島総合病院総合内科の電話番号を検索した。

電話に出たのは、青島だった。

「ああ、門脇さん。検査の結果に大きな問題はなかったようですね。その後、体調はどうですか？」

相変わらずのんびりした声だ。

痩せ薬を飲んでいた友人、岩崎咲良が意識不明の重態だと伝えると、青島が息を呑むのが分かった。

「入院先は東都大学附属病院って聞きました」

青島は無言だった。千尋の言葉を待っているのだろう。なかなか言葉が出ない自分の頬を軽く叩《たた》くと、千尋は声を絞りだした。

「痩せ薬を出してもらったのは、六本木にある宗方美容外科です。院長の名前は宗方由乃。咲良さんから、他に二人の子が薬を飲んでいるって聞いてます」

これが自分の知っているすべてである。

「これまで黙っていてすみません。秘密保持の契約書にサインしてしまったから……」

「後は僕に任せてください」

彼にしては早口で言うと、青島は電話を切った。

3

地下鉄六本木駅から地上に出た。六本木通りの路肩にオレンジ色の軽自動車が停まっていた。多摩ナンバーだ。この車で間違いないだろう。

昨日の夜遅く、ミカから電話があり、朝九時半に六本木に行くように言われ、駅の出口を指定された。車で迎えに来てくれるそうだ。理由を尋ねようとしたが、着信が入ったと早口で言われ、電話を切られた。

助手席の窓をノックした。運転席でスマホを見ていたミカが顔を上げ、鍵は開いていると手振りで示した。

ドアを開けて助手席に乗り込む。千尋がシートベルトを装着するのを確認すると、ミカは車を発進させた。

「空車マークが出ているパーキングを探してもらっていいですか」

昨夜とは打って変わったのんびりした口調で言う。

今日のミカは私服だった。明るいオレンジ色のタートルネックに茶色いオーバーオールを合わせている。

千尋もラフな格好だ。身なりにかまう心の余裕などなかったからだ。髪はゴムで縛ってキャスケット帽に突っ込んだ。知り合いに会っても、たぶん気づかれないだろう。

空きのあるパーキングはなかなか見つからなかった。都心は駐車場の数が絶対的に足りない。「困ったなあ」と言いながらも、ミカは鼻歌を歌い始めた。耳障りでしょうがなかった。咲良や他の子たちが心配で昨日は一睡もしていない。ミカだって状況は理解しているはずなのに、なぜそんなに呑気《のんき》にしていられるのだ。

文句を言おうと口を開きかけたとき、少し先のコインパーキングに空車の表示が出ているのが目に入った。

「あそこに」と千尋が言うと、ミカはウィンカーを出した。

車を停めると、ミカは後部座席に置いてあったバックパックからタブレットを取り出した。スイッチを入れ、どこかのサイトにアクセスを試みていたが、うまくつながらないようだ。

「青島劇場の開幕は十時の予定なんですけどねえ」

首をひねりながら言われたが、意味が分からなかった。そして、さすがに限界だ。

「劇場ってなんですか？　そもそも、どうしてこんなところに？」

ミカが眉を上げげた。

「先生から連絡、行ってませんか？」

「いえ……」

「それはごめんなさい。昨日はバタバタしてたから、忘れちゃったんだと思います。あたしから報告すればよかったですね」

咲良は、快方に向かっているとミカは言った。

「命に別状はありません」

「本当ですか？」

「はい。東都大学附属病院は先生の前の勤務先なので、知り合いに確認したそうです」

もっと早く知りたかったが、とりあえずほっとした。

ミカは続けた。

「服薬していた他の二人は、あたしが特定しました。事情を説明して青島総合病院の内科に来るように言いました。二人とも遠すぎるって文句を言ってたけど、たぶん来ると思います。咲良さんの話をしたら、絶句してましたから」

「よかったです。でも、どうやって二人を？」

ミカは得意げに目を瞬いた。

「ギャラ飲みアプリに登録したんです。検索で一番上に出てきたやつに」

プロフィール写真をナース服姿にしたのがよかったのか、その日のうちにお呼びがかかったそうだ。同じ場にいた女の子たちに、最近激痩せした人がいないか聞いて回ったところ、それらしき人物が浮かび上がったので、ざっと事情を説明し、連絡先を教えてもらったのだという。

なんという行動力。ミカは間違いなくAランクだと思いながら、千尋はシートの背もたれに身体を預けた。事なきを得て張りつめていた気持ちが一気に緩んでいく。目を閉じたが、ミカに肩をつつかれた。

「門脇さん、そろそろ開幕ですよ」

青島劇場か。いったい何が始まるのだろう。身体を起こし、ミカが持っているタブレットを注視した。今度は目的のサイトにつながったようだ。画面に映像が映し出される。

「あれ？　もう始まってる」

画面の真ん中に映っているのは宗方だった。周りの様子がよく分からないが、貸し会議室のような場所にいるようだ。彼女の隣には、スーツ姿のがっちりした体格の男がいた。髪を整髪剤でテラテラと光らせている。前に見た男ほどではないが、どうにも嫌な雰囲気だ。

ミカが画面に目をこらしながら言った。

「この男、ガラが悪そうだけど、たぶん弁護士です。それっぽいバッジをつけてる」

宗方はいつか外で見かけたときのように、髪を鎖骨まで垂らし、くっきりとしたメイクをしている。脚を組み替えるように身体を揺らすと、きつい目をした。弁護士らしき男が、低い声でしゃべり始めた。

「宗方先生がおかしな薬を女の子たちに売りつけていると言いたいようですが、言いがかりも甚だしい。いったい誰からそんな話を？」

「それは言えません」

ミカが小さな声で「今のが先生です」と言った。

青島の声は、いつもよりトーンが低かった。まるで別人のようだ。

声の主が青島なら、この会見の様子を中継しているのも青島だろう。カメラとマイクを胸ポケットのあたりに仕込んでいるのにちがいない。青島は淡々とした口調で続けた。

「水曜の夜、岩崎咲良さんという方が、東都大病院に運び込まれました。腎不全だったそうです。身内の方が彼女の部屋から、ある薬を見つけました。一部の国で使用されている肥満治療薬でした。表面の識別コードが削り取られ、一見そうとは分からないようになってはいましたが」

その薬は、既存の肥満治療薬と比べて効果が高いが、少し前から一定期間以上服用すると腎不全や手足の震えなどの副作用が出るという報告が相次いでいた。

今の青島の説明で理解できた。咲良と自分が飲んでいたのは、甲状腺ホルモンが入った中国製の痩せ薬でもなく、日本で使用されている肥満治療薬でもない。海外でのみ使用されているまったく別の薬だったようだ。しかも、副作用がきついことが、少なくとも医療関係者の間では知られていた。

「承認が取り消されるのも時間の問題だと言われています。あなたがそれを知らなかったわけがないと思う」

そう言うと、青島は語気を荒くした。

「宗方先生。なぜそんな危険な薬をダイエット目的の女性に渡したんですか。しかも、大金を払わせて。岩崎さんの他にも薬を渡した人がいますよね？」

宗方がうんざりしたように首を横に振った。

「岩崎さんという方が、そう言ってるんですか？」

「昨夜も話したように、彼女は意識不明で話ができません。このまま亡くなるかもしれない」

「お気の毒ですが、私とは関係がありません」

千尋は唾を飲み込み、ミカを見た。快方に向かっているのではなかったのか。ミカは首を横に振りながら「咲良さんは大丈夫です」と言った。青島は何か理由があって、そういう設定にしているようだ。

映像が揺れ、宗方の姿が大きくなった。青島は毅然《きぜん》とした口調で続けた。

「宗方先生、あなたは人命をあまりに軽視している。同じ医師として見過ごせない。自分がやったことを認めて、しかるべき責任を取ってください。そのうえでクリニックを畳むべきでしょう。あなたに医師を続ける資格はない」

弁護士がテーブルを叩いた。

「いい加減にしろよ。名誉毀損《きそん》で訴えるぞ！」

目を剝《む》きながら大声でわめく。千尋の身体がすくんだ。ミカも顔を強張《こわば》らせている。

沈黙の中、画面に映っている宗方の顔に、薄い笑みが浮かんだ。

そのとき、ドアをノックする音が聞こえた。あのいかつい男がやってきたのか。

しかし、聞こえてきたのはキンキン声だった。

「いやー、遅くなって申し訳なかった」

「お待ちしていました」

青島が落ち着いた声で言う。画面が揺れた。映し出された男の顔を見た瞬間、千尋は小さく声を上げた。

狸《たぬき》のような丸い目に厚い唇。トレードマークになっているストライプのシャツを着ているのは、日本最大と言われる美容外科チェーンの創業者で医師の、関根達志《せきねたつし》だった。圧倒的な財力でメディアのみならず政財界に対しても強い発言力を持っている。あらゆる方面に顔が広く、テレビのコメンテーターとしてお茶の間でも人気だ。

椅子を引くような音が聞こえたかと思ったら、関根が話し始めた。

「青島先生から話は聞いた。宗方先生、諦めるんだな」

「ちょっと待ってください」

中腰になる弁護士を関根はドスのきいた声で一喝した。

「チンピラは口を出すな」

諭すような口調に戻ると関根は続けた。

「死人に口なしだから逃げ切れると思っているのか？　だとしたら、甘すぎるよ。青島先生は徹底的に追及するとおっしゃってる。死人が出たら、マスコミも騒ぎ始めるぞ。そうなってからでは遅いんだ」

「ですが、私は……」

「薬を渡したのは、死にかけてる患者だけか？　違うだろ？　口止めしたんだろうが、そうそう隠し通せるものじゃない」

重い副作用が判明した海外の危険な薬を、ダイエット目的の健康な人に高額で売りつけていた。そんな事実をマスコミに暴かれたら、美容業界全体に対するイメージが悪くなる。

「責任を取るんだ。逃げ回った挙句、後で証人が現れたりしたら、目も当てられない。私がここまで言ってもシラを切り続けるつもりなら、私も青島先生とともに君を追及する」

宗方の顔は今や蒼白《そうはく》だった。弁護士のほうも、難しい顔をしている。関根にそこまで言われたら、どうにもならないと観念したのだろう。宗方は肩を落とすと言った。

「弁護士と相談しますが……。基本的に先生のおっしゃる通りにします」

納得がいかないような表情の弁護士を促すようにして、宗方はそそくさと席を立った。

ミカが大きく息を吐いた。

「うまくいってよかった。ちょっと心配だったんです。だから、先生には必要ないって言われたけど、いざというときには、門脇さんを証人として連れて行こうと思って待機してもらってたんです」

そういう理由で呼ばれたのか。出番がなくて何よりだ。

ふいに青島の声が聞こえた。

「関根先生、ありがとうございました。もう一つのお願いもよろしくお願いします」

関根が甲高い声で笑った。

「肥満治療薬の不適切な処方とその危険性について、テレビで特集を組ませればいいんだったな。日本で承認されていない海外の薬を使う際には慎重になるようにも言おう。任せなさい。その代わり、来年の国際医学会で私に発表枠を用意してもらう件、頼んだよ」

「担当理事にメールを送っておきました。僕からもプッシュします。患者を騙《だま》すような医師は、診療科を問わず、退場させる必要があります。美容業界の雄と言われる関根先生に、旗を振っていただけるなら、これほど心強いことはない」

関根が高笑いする声がしたかと思ったら、映像が途切れた。青島劇場は閉幕したようだ。

ミカはタブレットを膝に載せると、大きく伸びをした。

「宗方のしょぼくれた顔、見ものでしたね」

それより筋書きの全貌が見えない。東都大学附属病院の知り合いを通じれば、咲良の身内に頼んで彼女の部屋で薬を捜してもらうことはできるだろう。でも、昨日の今日である。

「あの薬の正体、よくこんな短い間に分かりましたね」

ミカはいたずらっぽく笑った。

「先生、門脇さんの瓶から錠剤を取り出したでしょ。あの中から一錠こっそりいただいてたんです。それを詳しい知り合いに見てもらったって」

そういうことか。でも、疑問は他にもある。

「青島先生は関根先生と知り合いなんですか？」

「いえ。連絡をとるのに苦労してました。でも、あの先生が残りの人生を美容医療の地位向上にかけていて、国際医学会のような大舞台で発言したがっていたのは、有名な話です。発言の機会を用意すると言えば、たいていの頼みは聞いてくれますよ」

そう。そこのところが、一番分からないのだ。なぜ青島は、国際医学会の理事に顔が利くのだろう。

ミカのスマホに着信があった。青島が迎えに来てほしいと言っているようだ。「分かりました」と答えると、ミカは車を降りて、料金を支払いに行った。戻ってきて車を出したミカに質問の続きをした。

「ひょっとして青島先生って、偉いお医者さんなんですか？」

ミカが笑い出した。

「見えませんよね。でも、実はそうなんです」

青島は、青島総合病院の前理事長の長男である。現理事長の次男と折り合いが悪く、総合内科を勝手に開いている変わり者だが、過去の実績は輝かしい。前職は東都大学附属病院の准教授。その前はアメリカの大学病院にいた。診療の傍ら手がけた臨床研究で国際内科学会の賞を取った。その学会の理事も務めており、国際医学会の幹部にも知り合いが多いという。今は研究はしていない。論文も出していないから、力を持っているわけではない。

「でも、いろんな国のいろんなドクターが青島先生といまだにつながっています。あたし、最近思うんです。最先端のことをやってるお医者さんや、大きな病院で忙殺されているお医者さんこそ、青島先生みたいな存在も必要だって分かってるんじゃないかなって」

ミカが車を停めた。

青島がニコニコしながら立っていた。今日はダッフルコートにカーキ色のハーフパンツを合わせ、編み上げブーツを履いている。それなりに格好はついているが、脛《すね》がちょっと寒そうだ。

車に乗り込むと、開口一番に青島は言った。

「いやあ、疲れた。ミカちゃん、元麻布に行ってほしいんだけど」

「お店の名前、教えてください。カーナビで検索します。門脇さん、入力をお願いしてもいいですか?」

青島は、やたらと長いカタカナの店名をすらすらと口にした。どこかで聞いた覚えがある名前だと思いながら入力した。

「プリンが美味しいけど、レーズンサンドも捨てがたいようなんだ。散財しそうだな」

それを聞いて思い出した。これから向かうのは、ちょっと前に仲間内でも話題になっていたパティスリーだ。

「たまにはあたしが奢りましょうか」

　ミカが言うと、青島は大げさなほど恐縮した。

「そんなの悪いよ。薄給しか出してないのに」

「ギャラ飲みのお手当、パアッと使っちゃおうと思って」

「それはいいね」と言って、青島は笑った。


　年が明けた。今年の正月は、大学入学と同時に家を出て以来、初めて実家で過ごした。初めて会った妹が思いのほか自分に似ていたので驚いた。妹にお年玉として用意してきたポーチをあげると、父の妻は泣いていた。

　実家に行く気になったのは、咲良を見舞ったからだ。

　咲良は、思いがけない大病のせいで、さらに痩せていた。声も弱弱しかった。にもかかわらず、ハワイに行けなくなったことを残念がり、次の機会には絶対呼んでくれと懇願した。

　彼女の執着が怖かった。でも、自分も大差ないとも思った。Aダッシュだとか、ギャラ飲みはしないとか言っても、いつも頭にあったのは、いかにしてハイスペックな男を捕まえるかだ。幸せへの近道だと思っていたが、それが正しかったのかどうか。

そんなとき、父の妻を思い出した。菊枝《きくえ》という古風な名前のその人は、地味だがなかなかの美人でもある。貧乏ではないが裕福でもなく、コブつきだった父と結婚したのは、打算からではないだろう。彼女なら、もっと条件のいい相手を見つけられたはずだ。

菊枝さんは父が好きだったのだ。今もきっと好きなのだろう。彼女が作ったおせち料理は、父の健康を意識してか薄味だった。

そして、今日。久しぶりに六本木バレーにやってきた。待ち合わせ場所として指定した東京タワーが見えるスポットに行くと、颯太がすでに来ていた。イタリア製の高級ダウンジャケットのポケットに両手を突っ込み、寒そうに肩をすくめている。

レストランの照明の下では格好良く見えたのだが、太陽の下ではただのおじさんだ。

「遅くなってごめん」

「それより話って？」

「うん。率直に言うね。やっぱり付き合うのは無理って思った」

颯太は軽く眉を寄せると、皮肉っぽく笑った。

「それはこっちの台詞《せりふ》。嫌な噂を聞いたんだ。痩せ薬事件に関係してる？」

隠す気はなかった。

「実はそう。私、ズルして痩せようとしたんだ」

「俺とは合わないね」

それはお互い様だ。散々ごちそうになったので、「これまでありがとう」とは言ったが、清々した気分で颯太と別れた。

駅に向かって歩きながらふと思った。青島は独身だろうか。そんな気がする。青島が気になった。有名な医者らしいが、今の自分に打算はない。たぶんないと思う。でも、ちょっと分からない。

バレーの住居棟を見上げた。今日もバルコニーにお仕着せの植物が並んでいる。日当たりの関係か、西側の一部屋のそれは周りと比べてちょっとボリュームが少ない。髪を巻き、フェミニンなワンピースを着てこの界隈を飲み歩いていた自分みたいだ。皆と一緒。なのに、何かがちょっと足りない。

でも、そういうのはもういい。髪を切ろう。服も買おう。新しい自分になったとき、まだ青島が気になるようだったら連絡してみよう。そう思いながら、千尋は駅への道を急いだ。

スマホ首ゲーマー

1

昼時のコンビニエンスストアは、弁当やカップ麺、飲み物などを買い求める客でごった返す。レレマート青島《あおしま》総合病院店も例外ではなかった。レジカウンターの前には正午を少し回った頃から、常時七、八人の列ができていた。

並んでいる誰もが無言だった。そして苛立《いらだ》ちをにじませていた。

この店舗は青島総合病院の本館と病棟を結ぶ通路に位置している。ほとんどの客は患者の家族、もしくは病院の職員だ。どちらも心に余裕がないのだろう。店内は殺気に似た空気に包まれていた。

栗田翔《くりたしょう》は客と目を合わせないよう細心の注意を払いながら、商品のバーコードを次々とスキャンした。肩こりがひどいので、時々肩を揉《も》みたいが、その暇すらない。

翔は人と接するのが苦手だ。いわゆる陰キャだが、マニュアル通りの台詞《せりふ》ならどうにか口にできる。接客マニュアルや作業手順も完璧に頭に入っていた。この店にアルバイトとして入ったのは二日前だが、レレマートの他の店舗で半年ほど働いた経験がある。

この店のレジは二台とも客が決済を行うセミセルフ式だ。現金の受け渡しがないのは、気楽でいい。

おにぎり二つとペットボトルのお茶が入った有料レジ袋を初老の男に渡したところで、会計待ちの客がようやくゼロになった。ゲームのステージをクリアしたときのような気分だ。翔は壁にかかった時計を見た。あと十五分で休憩に入れる。

店の商品を購入して外で食べるつもりだった。昨日、退勤後に病院の周りを歩き回って、よさそうな場所を見つけたのだ。裏の雑木林の遊歩道に設置されたベンチである。寒いのが難だが、人通りは数えるほどだし、病院の無料Ｗｉ－Ｆｉもバリバリにつながる。狭くて埃《ほこり》っぽいバックヤードで食べるよりはよっぽどましだ。

身体《からだ》が冷えないように、弁当のほか、汁物代わりのカップ麺も調達しよう。

そんな算段をしていると、市山《いちやま》に呼ばれた。ネームプレートによるとマナというかわいらしい名前だが、翔の母親と同年輩のパートのおばさんだ。

「栗田君、ちょっといい？」

「あ」

「宅配便の受け付け、替わってもらえるかな」

市山の前にあるカウンターに疲れた様子の中年女性が大きな段ボール箱を載せているところだった。

「急いでるんですけど」

女性が不機嫌丸出しの声で言う。

翔は備品入れからメジャーを出し、隣のレジの前に移動した。段ボール箱の大きさを測って伝票に必要事項を記入する。配送料を告げながら、控えを渡した。後はセミセルフレジに任せておけばいい。

箱を抱え、カウンターの隅にある荷物置きへ移動した。中からすえたような臭気が漂ってくる。入院患者の洗濯ものが入っているのかもしれない。

女性が出ていくと、市山が丸い顔におもねるような笑みを浮かべた。

「ごめんね。おばさんだから、あれこれ覚えられなくて」

——大丈夫ですよ。

コミュ力があれば、そんな返しができるのだろうが、翔にはとても無理だ。それに、軽くムッとしていた。昨日も似たようなことがあったのだ。マルチメディア端末の操作法が複雑すぎるとキレ散らかしている年寄りの相手を押し付けられた。相手の耳が遠いせいもあり、なかなかの強敵だった。五分ほど相手をしただけで疲れ果てた。ゲームで言えばライフはゼロだ。

コンビニ勤務は物覚えが悪い人間には向いていない。他の店舗なら市山は雇い止めにあいそうだが、この店には特殊な事情があった。立地の関係上、通常の商品のほか、患者向けの医療・介護用品を扱っているのだ。

市山はレレマートが出店してくる前に院内にあった売店の販売員だったそうだ。入店した際、店長の乗本《のりもと》から、紙おむつの選び方、吸い飲みの使い方などを客に聞かれたら市山に接客を替われと言われている。

スイーツコーナーを物色していた男女二人連れが、カウンターのほうに歩いてきた。オレンジ色のダウンジャケットを羽織り、同色のパンツを穿《は》いている女のほうに見覚えがあった。昨日、遊歩道ですれ違った娘《こ》だ。小柄で目がくりっとしているところが、昔ハマっていた美少女育成ゲームのキャラに似ている。男は初めて見る顔だった。極寒の季節なのに、なぜかハーフパンツを穿いている。

市山が二人に声をかけた。

「ミカちゃん、倫太郎《りんたろう》先生、いらっしゃい。今日からプレミアムスイーツフェアですね」

この時期恒例のイベントで、四週間に渡って金曜日ごとに贅沢《ぜいたく》な材料を使ったスイーツを発売するのだとか。事前に明かされるのは、スイーツのジャンルのみで商品の詳細は発売後のお楽しみ。第一弾は確かワッフルだ。

ミカと呼ばれた娘は浮かない表情で言った。

「プレミアムワッフルが見当たらないんですけど、まさかもう……」

市山が眉を上げる。

「あら、もう棚にないのね。でも大丈夫。倫太郎先生とミカちゃんの分は取っておいたから」

ハーフパンツが相好を崩す。

「嬉《うれ》しいなあ。楽しみにしてたんです」

「お安い御用ですよ。この前、先生のお母さまから、過分なお礼をいただいちゃったし」

「聞きました。落語のカセットテープを貸していただいたそうですね。やっぱりテープで聴くのが一番だって喜んでました」

「使い慣れたものがいいんですよ。私も、いまだにガラケーだし。ちょっと待っててくださいね」

ふくよかな身体を弾ませるようにしながら、市山はバックヤードへ向かった。

倫太郎先生と呼ばれたハーフパンツがのんびりとした口調で話しかけてきた。

「第二弾のジャンルってなんですか？　もう発表されてますよね」

知らない。首をやや傾け、黙っていると、ミカが目を輝かせて翔を見た。

「あたしも知りたいです」

咄嗟《とっさ》にうつむいた。女の子と目が合うなんていつ以来だろう。翔は親指でカウンターを叩《たた》き始めた。動揺すると無意識に出る癖だ。ミカは気にする様子もなく続けた。

「去年もフェアで出たラズベリーのムースだと嬉しいんだけどなあ」

「同じ商品は出さないんじゃないかな。ねえ、ショウさん」

ハーフパンツにいきなり名前を呼ばれた。親指の動きが止まった。

個人情報保護の観点からネームプレートには下の名前かニックネームを書く決まりだ。ショウと書いたのでそう呼ばれても不思議ではないのだが、いくらなんでも馴《な》れ馴《な》れしすぎる。

親指でカウンターを叩き続けていると、ようやく市山が戻ってきた。ハーフパンツは、市山からワッフルを受け取った。パッケージに視線を走らせ、感嘆の声を上げる。

「なるほど、リエージュワッフルか。パールシュガーのジャリッとした食感が楽しいんだよね。ミカちゃん、これに合いそうな紅茶ってある？」

「患者さんにいただいたダージリンとか？」

「いいね」

浮き浮きとした様子で決済を済ませると、二人は市山に手を振って店を出て行った。やれやれである。いつの間にか、親指の動きは止まっていた。

あと二分で二時になる。店内に客はいなかった。少し早いけど、休憩に入ってしまおうか。それとも、きっちり二時まで待つべきなのか。迷っていると、市山が話しかけてきた。

「さっきの男の人、おもしろいでしょ。青島倫太郎先生っていうんだけどね。何年か前に亡くなった前理事長の長男で、今の理事長のお兄さんなの」

あの風変わりな男が、こんな大きな病院の経営者一族だというのは意外だ。しかし理事長、つまり病院のトップは彼の弟のようだ。長男が使い物にならないから、優秀な弟が家業を継いだのだろうか。どこかで聞いたような話だ。

客がいないのをいいことに、市山はしゃべり続けた。

「ファッションは独特だけど、優秀なんだって。看護部長の関川《せきかわ》さんも高く買ってた。冷遇されてるのが気の毒でねえ」

倫太郎は、病院の正式なスタッフではないそうだ。

「裏の雑木林の奥に、廃屋みたいな建物があるの。そこに総合内科の看板を揚げて、ミカちゃんと二人で医療相談を受けてるそうよ」

理事長は倫太郎の勝手なふるまいを快く思っていない。他の病院幹部も同様で、事あるごとに出ていけと迫っているが、倫太郎は頑として譲らないという。

「理事長がしびれを切らして実力行使に動くっていう噂《うわさ》もあるのよね。お母さまも心配してた」

再び親指が動き出した。

倫太郎という医者は、見かけによらず骨のある男のようだ。そして市山は不思議なおばさんだ。理事長の母親や看護部長と親交があるなんて、どれだけコミュ力が高いのだ。

それはともかく、市山の長話にはうんざりしていた。ゲームなら、強制終了させるところだ。

そのとき、バックヤードから店長の乗本が顔を出した。髪を七三分けにした四十がらみの痩せた男だ。翔が休憩している間は彼がレジを担当する。乗本は胃でも痛むのか、血色の悪い顔を歪《ゆが》めていた。翔に向かって軽く顎をしゃくる。

「栗田君、休憩、行ってきて」

カウンターを出ると、乗本がすれ違いざまに言った。

「返事ぐらいしたら？」

「あ」

「普通の日本語をしゃべってくれよ」

翔は親指で自分の太ももを連打した。不快なものをすべて消してしまいたい。しかし、いくら連打を続けても、目の前の風景は変わらなかった。リアルな世界は面倒くさい。

首をすくめると、翔はバックヤードへ向かった。

自宅アパートは、病院から自転車で十五分ほどの距離だ。退勤後少し回り道をして、大通り沿いにある牛丼店で、明太生卵牛丼をテイクアウトした。二日おきぐらいに食べているメニューだ。

自転車をアパートの脇にある所定の場所に置き、外階段を上る。築二十年超の安アパートは、階段を上るときに響く音も安っぽい。

ドアを開けると、すぐ目の前が三畳のキッチンだ。最近、ゴミ捨てをさぼっているので、膨らんだゴミ袋が三つほど壁際に積んであった。異臭がするが、鼻が慣れればどうということもない。

玄関の壁に取り付けたフックに上着をひっかけると、牛丼を容器ごと電子レンジにセットした。冷蔵庫から取り出した野菜ジュースのペットボトルを持って、ガラス扉で仕切られた隣室に移った。

畳敷きの六畳間である。片方の壁際に万年床、もう一方の壁際にはロータイプのパソコンデスクが置いてある。中央にはコンパクトタイプのこたつが鎮座し、その周囲には脱ぎ散らかした服や、使わなくなったスピーカー、ヘッドセットなどが転がっている。こたつの天板やパソコンデスクの上も物でいっぱいだ。

ペットボトルをこたつの空きスペースに置き、散らばっている服を壁際に寄せた。座るスペースができたところで、加熱終了を知らせる電子レンジの音が鳴り響いた。

スマホでゲーム情報サイトをチェックしたり、左手で肩を揉んだりしながら、牛丼を食べた。美味《おい》しくもないが、まずくもない。いつもの味だった。

少々飽きてきたが、定番メニューで他に頼みたいものはなかった。牛丼店でも、フェアで特別メニューを出してくれればいいのに。それともたまには牛丼店の隣にあるチェーンのラーメン店にでも入ってみるか。

そんなことを思いながら、空の容器を手に立ち上がったとき、思い出した。その店の看板メニューはニンニクたっぷりのとんこつラーメンだ。高校三年まで大好物だった。

その味を思い浮かべるのと同時に、胸が押し潰されるような気持ちになった。

翔が通っていた高校は、群馬県の前橋にある私立大学付属校だった。県北の沼田市にある自宅から、電車とバスを乗り継いで二時間近くの距離だった。付属校といっても、生徒の半数は東京などの大学を受験する進学校だ。翔も受験組で、前橋駅前の進学塾にも週に三日、通っていた。

塾がある日は、たいていラーメン店で腹ごしらえをした。一人のときもあったし、同じ塾に通う友だちと一緒のときもあった。注文するのは、いつもニンニクたっぷりのスタミナラーメンだった。

ある日学校の教室に入ると、机に紙が貼り付けられていた。それを見てギョッとした。「ニンニクオヤジ」というキャプションがついたイラストが描かれていたのだ。ニンニクの産地のご当地キャラのようだが、いわゆる「ゆるキャラ」ではなかった。ボサッとした髪に四角いフレームの黒縁メガネをかけ、ニンニクの形をした大きな鼻から、フンッと息を吐き出している。どことなく翔に似ていた。すぐにはがしてゴミ箱に捨てたが、教室のあちこちからくすくす笑いが聞こえた。

休み時間に検索してみたところ、そのご当地キャラはしばらく前からSNSで注目を集めていた。気持ち悪いところが逆にウケているらしい。

その日以来、チャラチャラした男子グループが、絡んでくるようになった。例のイラストを背中に貼られたり、「ニンニク臭い」と言われたり……。翔というキラキラした名前と本人のキャラがかけ離れていることすら、笑いのネタにされた。

最初の頃は、無視していた。悪ふざけに反応するのはバカらしいと思ったのだ。しかし、彼らのいじりはエスカレートする一方だった。翔が反撃しないせいか、周りも調子に乗り始めた。ひそかに好意を持っていた女子にも、すれ違いざまにくすくす笑いをされた。

たまらなくなって、担任の女性教師に相談したのだが、それがかえっていけなかった。彼女はどこかでそのキャラを目にしていたのだろう。顔つきこそ真面目《まじめ》だったが、終始笑いをこらえるように身体を震わせていた。同級生にいじられるより辛《つら》かった。

ただし、彼女は自分の仕事は果たしてくれた。問題の男子グループから事情を聴取し、いじりを止《や》めるよう、クラスに働きかけてくれたのだ。

ホッとできたのは束《つか》の間《ま》だった。担任に呼び出されて相談室に行くと、一緒に塾通いをしていた友だちがいた。最初にイラストを机に貼ったのは自分だと謝罪されたとき、何もかもが嫌になった。

自分は不細工だ。人に笑われるような存在なのだ。そして、嫌われている。

そう自覚したら、ただでさえ低かったコミュ力が完全に失《う》せた。言葉が口からうまく出なくなり、人と目を合わすことすら怖くなった。

翌日、学校を休んだ。その翌日も休んだ。父は市内北部でプラスチック製品製造会社を経営しており、母もそこで経理の仕事をしていた。登校するふりをして家を出て、彼らが出勤した後に帰宅した。塾は体調が悪いので欠席したと嘘《うそ》をついた。自室に引きこもり、ゲームの世界に没頭しているときだけ、辛さを忘れることができた。その頃のお気に入りは、ファンタジータッチのロールプレイングゲームだった。

三日目、担任教師から母に連絡があったようだ。その夜、両親と弟の前で、顚末《てんまつ》を説明させられた。

父は「なんて情けない。勉強で見返せ」と吐き捨てた。母は「息子が無断欠席なんて恥ずかしい」と泣いた。

年子の弟、輝《ひかる》は、「眼鏡を変えれば印象は変わるよ」などと頓珍漢な助言をよこした。輝は勉強はからきしだが、バスケ部のエースとして全国大会にも出たモテ男だ。翔が置かれた状況を理解できないのだろう。こうなったら意地でも学校など行くものかと思い、体調が悪いと言い張って欠席を続けた。

両親は匙《さじ》を投げたようだった。トイレとシャワー以外、自室を出ないようにしていたら、そのうちトレーに載せられた食事が部屋の前に置かれるようになった。これがいわゆる引きこもりだなと思いながら、昼夜問わずゲームに没頭し、眠くなったらベッドに潜り込んだ。

担任教師は二日おきに家に電話をかけてきた。翔は頑として出なかった。そのうち母親が学校に呼び出された。登校するよう泣きながら懇願されたが無視をした。一か月ほど経《た》ったある日、担任教師から書面で連絡が来た。これ以上休むと卒業が危うくなると書かれているのを読んで、ようやく我に返った。

人と接するのは怖かったが、退学する覚悟まではなかった。

嫌々ながらも登校と塾通いを再開し、受験勉強に励んだ。学校でも塾でも誰とも関わらないようにしたのが、逆によかったのかもしれない。成績は驚くほど伸び翔は難関私立大学の経営学部に合格した。父親は「お前が次期社長だ」と喜び、母は「肩の荷が下りた」と泣いた。

新生活には、輝が選んでくれたおしゃれな眼鏡や服を身に着けて臨んだ。ヘアサロンにも初めて行った。鏡に映る自分は、例のご当地キャラとは似ても似つかなかった。これなら陽キャになれると思った。

クラスや入部したイベント企画サークルでは、意識的に周りに話しかけ、明るくふるまった。しかし、急に話し上手になれるわけがない。空気を読むのが苦手なのも相変わらずだった。見当違いなところで高笑いをして周りに引かれたりするうちに、自信を失っていった。

特にきつかったのが、自分は体臭が強いと気づいたときだ。クラスメートやサークル仲間にも嫌がられているようだった。

ワキガの手術に保険が適用されると知り、勇気を出して専門クリニックを受診したが、医者はワキガではないと言った。

でも臭うのは確かなのだ。食い下がったところ、自由診療でよければと言われたので学生ローンを組んで手術を受けた。五十万円もかかったのに、臭いの問題は解決しなかった。弱みにつけこまれ、ぼったくられたのだ。その後、臭いの原因は体臭ではなく、洗濯物がいつも生乾きだったせいだと判明した。その医者への憎悪は、さらに募った。

そんなこともあり、大学に行く気が失せた。

二年の夏休み前に中退してからは、フリーターとして働いたり、働かなかったりしながら、家賃四万五千円のアパートでゲームをしながら暮らしている。父親には情けないと罵倒され、母には恥ずかしいと泣かれた。鬱陶しいので連絡を絶った。以来、絶縁状態だ。

大学にいた頃は、こざっぱりとした身なりを心がけていたが、中退してから身なりなどどうでもよくなった。可処分所得は好きなこと、つまりゲームにつぎ込むほうが有意義だ。

今、ハマっているのは、スマホアプリのFPS、ファースト・パーソン・シューティングだ。敵地に潜入して、銃で敵の兵士を撃ち殺すゲームで、リアルな映像が売りものだ。銃弾を受けた敵が崩れ落ちる様を見ると、血が沸き立つような興奮を覚える。翔は冷蔵庫から栄養ドリンクの瓶を取り出した。土日はシフトに入っていない。とことんゲームをやりこんで、高得点者ランキングで十位以内に入るのが、週末の目標だ。

そういえば、輝から週末に会いたいと連絡が来ていた。輝は地元の経済大学の三年生だ。父親の会社に入るか、他の会社に就職するかで迷っているそうだ。返事はしなかった。

家族なんかいなくても、定職を持たないフリーターでも、ゲームさえできれば、人生は充実している。


月曜日、午後二時ちょうどに、店内の客は再びゼロになった。休憩に入りたいが、替わりにレジに入るはずの乗本が、さっき外に出て行った。

金曜の夜から今朝の明け方まで仮眠を挟みながら、ずっとゲームをしていた。昨夜に至っては、午後六時から十二時間ぶっ続けで戦い続けた。目の奥がズキズキするし、頭がぼんやりとしている。当然ながら、肩こりもいつもよりひどい。

今日は雑木林のベンチは諦めて、バックヤードでひと眠りしたほうがよさそうだ。三日間風呂に入っていないから、髪がベタついているのも不快だったが、そっちはどうにもならない。

あくびを嚙《か》み殺《ころ》していると、市山に小声で呼ばれた。

「栗田君、悪いんだけど、明日の夕方、私の替わりにシフトに入ってもらえないかな。午後四時半から六時半まで」

翔は首を横に振った。

「や」

明日はネットで知り合ったシンガポールのプレーヤーと午後七時から回線をつない

で対戦する。五時には仕事を終えたかった。

「そっか……。予定があるならしようがないね」

自動ドアが開く音がして、乗本が店に入ってきた。どこかで煙草《タバコ》を吸ってきたようだ。制服の胸ポケットが、煙草の箱の形に膨らんでいる。

乗本は、店内をさっと見回し、客がいないのを確認すると市山に声をかけた。

「栗田君は、どうだった？」

市山は目を伏せると、低い声で言った。

「無理だそうです。でも、どうしても休みを取らせていただきたいんです。なんとかならないでしょうか」

乗本は七三に分けた前髪を指で払った。

「シフトに穴が開くと、僕が本部から文句を言われるんだよね。用事は同居しているお母さんのケアマネとのミーティングだっけ。急病ならともかく、ミーティングなら延期できるでしょ。市山さんからの急なシフト変更願いは、今月に入って三度目だし」

市山は唇を噛むと、困ったように目を瞬《しばたた》いた。しかし、どうにもならないと諦めたのだろう。感情を抑えた低い声で「分かりました」と言った。

乗本は安堵《あんど》と気まずさが入り混じったような複雑な笑みを浮かべると、翔に向き直った。

「休憩行ってきなよ」

「あ」と言いながら目を伏せると、乗本が険しい声を出した。

「返事は普通の日本語でって言ったでしょ。あと、髪がベタベタしてないか？　ちょっと臭うようだし。接客業なんだから、最低限の身だしなみは整えてもらわないと」

ゲームで忙しかったのだ。しようがないじゃないか。

無言でその場を離れようとしたときだ。これまで経験したことがない強烈な痛みが後頭部を襲った。場所は中心よりやや右側。電気刺激のようなビリッとした痛みだ。

「うっ」

翔は痛む場所に手を当て、その場にしゃがみこんだ。痛みはすぐに消えた。

「栗田君、大丈夫？」

市山が心配そうに言った。

何だったのだと思いながら立ち上がった。数秒後、再び痛みが襲ってきた。翔は再びしゃがんだ。

うずくまっていると、三度めが襲ってきた。予想していたので声は出なかったが、苦痛で顔が歪んだ。

温かい手が背中に添えられた。市山のようだ。

誰かがそばにしゃがんだ。

「ここの脳神経外科で診てもらったら？」

「そうしなよ。くも膜下出血とかだったら命に関わる」

乗本にも言われた。

医者は嫌いだ。信用できない。しかし、この尋常ではない痛みを放置するのはさすがにまずそうだ。どうしようかと思っていると、市山が言った。

「総合受付に行ってきます。事情を話して、脳神経外科からストレッチャーを回してもらうわ」

「や」

そこまでのものではない。咄嗟にしゃがんだのは、立っていられなかったからではなく、これまで経験のない痛みに動揺したからだ。痛みと痛みの間はなんともないし、歩いて行ける。

翔はゆっくり立ち上がった。

「自分で歩けます」

「そう。じゃあ、市山さん、脳神経外科まで送ってやって」

「その前に総合受付かな」

「一人で行けます」

二人とまともにしゃべったのは初めてかもしれないと思いながら、翔は歩き始めた。

細い金縁眼鏡をかけた若い女性医師に簡単な問診を受けた後、頭部のCT画像を撮影された。

その頃までに、痛みはかなり引いていた。しかし、完全に消えたわけではなく、ズキッとした痛みが、一定間隔で後頭部に走る。

三十分ほど待った後、診察室に呼び入れられた。診察用のデスクの前には、さっきと同じ医師がいた。ネームプレートに「弥生《やよい》」と書いてある。下の名前のようだが、実際には苗字《みょうじ》だろう。

弥生はモニターを見るように、翔を促した。脳の画像が映し出されていた。自分の脳を目の当たりにするのは、不思議な気分だった。

「画像を見る限り問題はありません。脳の病気ではないと考えていいでしょう」

コウトウシンケイツウだろうと弥生は言った。神経痛の一種らしい。どんな字を書くのか知りたかったが、まごまごしているうちに弥生は続けた。

「危険な病気ではありません。鎮痛剤と神経を修復するお薬を出すので、それで様子をみてください」

ホッとしながら席を立とうとしたが、話は終わりではなかった。

「ただ、再発の恐れはあります。パソコンやスマホを長時間使っていませんか？　例えば、昨日は何時間ぐらい？」

「……十八時間」

「って仕事じゃないですよね。ゲームとか？」

黙っていたが、弥生は肯定と受け取ったのだろう。冷めた視線を送ってきた。

「コウトウシンケイツウの原因の一つは姿勢の悪さだと言われています。今後は控えてください。では、そういうことで」

弥生はやや顔をしかめたように見えた。そして、かけているマスクを軽く押さえるようにした。

さっき乗本にも指摘されたが臭いのだろう。知るものかと思いながら診察室を出た。

2

プレミアムスイーツフェアがようやく終わった。人気の企画だったようで、この四週間、やたらと忙しかった。来店者は我儘《わがまま》な客が多かった。

脳神経外科を受診してから数日は、ピリッとした痛みが断続的に続いた。服薬していたが、薬で完全に抑えられる痛みではないのだろう。バイトには行ったが、帰宅後、ゲームをする気力はなく、ねそべって動画サイトを見ていた。

それがよかったのか、いったん痛みは治まった。しかし、元の生活に戻ると、弥生が予言したように、再び激痛に悩まされるようになった。

コウトウシンケイツウの漢字は自分で調べた。後頭神経痛。命に関わる病気ではないようだが、激痛が断続的に走るのは辛かった。

それでもゲームを控えるつもりはなかった。他になんの楽しみもない人生だ。ゲームを止めたら生きている意味が分からなくなる。

青島総合病院の脳神経外科を再受診するつもりもなかった。弥生の態度が不快だったせいもあるが、病院自体に不信感を持ったのだ。

まず、診療費が高額すぎる。健康保険証を提示したにもかかわらず、一万五千円以上も払わされた。分からない言葉をスマホで検索しながら診療明細をチェックしたところ、紹介状を持参しなかったというだけで八千円も取られていた。CT撮影も六千円と高額だった。納得いかなかったので、病院の口コミサイトに不満を書き込んだところ、病院側からレスがついた。素人にはまったく理解できない小難しい説明の後、国が定めた正当な金額だと書いてあった。病院側のレスに「いいね」が大量についていたので、自分がなにか誤解しているのかもしれない。しかし、そもそもたかが神経痛に高価な検査は必要ないと思う。

処方された薬にも呆《あき》れた。ネットで検索したところ、ドラッグストアでも購入できる鎮痛剤とビタミン剤だったのだ。処方箋を出して小金を稼ぐなんてせこすぎる。すべての医療機関がそうだとは言わないが、患者の無知や不安につけこむところがあるのだ。大人しそうな患者を狙ってふっかけている可能性もある。大学時代に痛い目にあったのに、また引っかかってしまった自分が情けない。

ネットで調べたところ、神経痛なら整体院やマッサージ店でも治せるようなので、昨日、最寄り駅に近い整体院に行ってみた。そこは期待が持てそうだった。ネットにカリスマだと書かれていた整体師は親身になって話を聞いてくれた。しかもゲームが趣味だそうだ。久しぶりに人と話が弾んだ。しばらく週一ペースで通うつもりだ。ただ、一時間で一万二千円という料金がネックだ。

その日、勤務時間が終わった後、帰り支度を整えてから、バックヤードで乗本の姿を探した。乗本は難しい顔をして、表計算ソフトの数字を眺めていた。声をかけていいタイミングが分からず、近くでうろうろしていると、乗本が顔を上げた。

「頭痛はその後どう？　通院は続けてる？」

「や、整体で」

声が小さかったのだろう。乗本は耳の後ろに手を当てた。咳《せき》ばらいをすると、自分にしては大きな声を出した。

「整体があるから、来月のシフトを増やしたくて」

乗本は意味が分からないというように、首を傾《かし》げた。しかし、追及するまでもないと思ったのだろう。

「ちょっと待ってて。シフト表を見てみる」

乗本がモニターの画面を切り替えるのを待っていると、背後から声をかけられた。

「栗田君、整体に行ってるの？」

市山だった。出勤してきた別のパートにレジを任せて品出しをしようとバックヤードに来たところ、二人の会話が耳に入ったようだ。

「整体ってピンキリだよ。この病院に通ったほうがよくない？」

「や」

「私の知り合いに、整体を受けてかえって体調悪くなった人がいてね」

遮らないと市山はしゃべり続けるだろう。いつの間にか乗本も顔を上げて、傾聴している。翔は床を見ながら口を開いた。

「この病院、信用できないんで。無意味な検査をするんです。どこでも買える薬を出すし。姿勢が悪くなるからスマホを使うなとか無茶言われるのも困るし。整体の先生のほうが親身になってくれるっていうか」

上目遣いで様子をうかがうと、市山はキョトンとしていた。翔がここまで長い文章を口にするのは初めてだったからだろう。しかし、すぐに表情を引き締めた。

「何か誤解があるんだと思う。この病院はしっかりしてるって評判よ。あと、整体だって安くないでしょ」

確かにそれはちらっと思った。週に一回のペースで通ったら、毎月四万八千円もの出費になるのだ。でも、効くような気がするし、病院のように嫌な気持ちにさせられない。

翔の親指が動き始めた。苛立っているのが分かったのだろう。市山は声音を和らげた。

「うるさいことを言ってごめん。でも、親御さんの気持ちも考えてあげて」

親というワードが出た瞬間、翔の頭に血が上った。自然と拳に力が入る。唾を飲み込むと低い声で言った。

「親なんか関係ないです」

「そんなこと言わないの。親って何歳になっても子どもが心配なんだから」

「人によるでしょ。俺なんかいつ死んでもいいんだし」

市山は驚いたように目を見開いた。次の瞬間、軽蔑するような視線を向けてきた。

「甘ったれてるね。中学生でもそんなこと言わないよ」

どんくさいパートのおばさんにそんなふうに言われたくない。反論しようと思ったが、言葉が出てこなかった。代わりに全身が震え始める。

乗本が目を泳がせながら腰を上げる。

「ちょっと二人とも落ち着いて」

そのとき、バックヤードと店の間をつなぐ扉が開いた。顔を出したのはミカだった。今日もオレンジのダウンに同色のパンツだ。

「何かありましたか？」

市山は、はっとしたように眉を上げると、ミカに言った。

「この人、栗田君っていうんだけどね。倫太郎先生に診てもらえないかしら。この病院の脳神経外科で診察を受けたんだけど、納得できないらしくて」

ミカは唇を丸くすぼめながら、目を輝かせた。

「待ってました、そういう話。ぶちまけちゃってください。ウチの先生は、診療方針がおかしいと思ったら相手がこの病院の先生でも、はっきりそう言ってくれます」

そういえば、以前市山は言っていた。倫太郎はこの病院の理事長と対立しているのだ。敵の敵は味方ともいう。不当に扱われたと訴えれば、善処してくれるかもしれない。整体に通うには、金がかかる。たとえ一万円でも返金してもらえたら助かる。

「さあ、行きましょう。歩きながらざっくり話を聞かせてもらってもいいですか？」

翔は、ミカに背中を押されるようにして歩き出した。

予想はしていたが、診察室でも倫太郎は白衣の下にハーフパンツを穿いていた。驚いたのはミカのほうだった。てっきり私服だと思っていたオレンジ色のパンツは私服ではなくナース服だった。ダウンを脱いだら、上着も同じ色だったのでそうと分かった。

勧められるまま丸椅子に腰を下ろす。翔に代わってミカがこれまでの経緯を説明した。ミカの話が終わると、倫太郎に横を向くように言われた。

「椅子ごと回して身体全体を横にしてもらえますか？」

言われた通りにすると、倫太郎はスマホを取り出し、いきなり翔の写真を撮った。

「まずこれを見てください」

渡されたスマホの画面を見た。横を向いた上半身が写っていた。

「栗田さん、こんどはあたしを見てください」

ミカが同じように横向きに丸椅子に座っていた。

「あたしと栗田さんの違い、分かります？」

もう一度スマホの画面を見た。違いは歴然としていた。首の角度だ。自分は首が身体より前に突き出している。

「ここらへんが……」

首の後ろを触ってみせると、倫太郎が大きくうなずいた。

「栗田さんはいわゆるスマホ首のようです。うつむいた姿勢でスマホを長時間使う人に出やすい症状で、正式にはストレートネック。後頭神経痛の原因の一つと言われています」

ミカがいたずらっぽく笑った。

「カメ首とも呼ばれてます。語感が間抜けだから患者さんは面白くないだろうけど、分かりやすいですよね」

面白くないが、自分の姿はまさにカメだった。

スマホを受け取ると、倫太郎は続けた。

まっすぐ前を見ている人の首の骨を横から見ると、身体の前方に向かって緩やかに湾曲している。これが正しい首の骨の位置である。

スマホやパソコンの画面を見るとき、顔は下を向く。このとき首の骨の湾曲は消え、まっすぐになる。この姿勢を長時間続けているうちに、首の後ろ側の筋肉が伸ばされ、前側の筋肉が収縮してカチカチになる。万年カメ首の出来上がりというわけだ。後頭部の神経が圧迫され、神経痛が生じると考えられている。

どうせ言われると思って事前に釘《くぎ》を刺した。

「スマホやゲームを止めるつもりはないんで。他に楽しみもないし」

倫太郎は嫌な顔ひとつせずにうなずいた。

「僕だってスマホやパソコンを使わずに生活するなんて無理ですよ。でも、使い方の工夫はしたほうがいいですよ」

ポイントは、スマホやパソコンを使う際の姿勢の改善だと倫太郎は言った。

「例えば、スマホを持ってうつむく姿勢は最悪です」

一般的な体格の人の場合、首の曲がる角度が十五度だと、首の骨にかかる負荷は十二キロ。六十度になるとかかる負荷は二倍以上の二十七キロだ。

「目に近い高さに両手で掲げて使うといいですね」

なるほど、と思った。

翔はスマホでゲームをするとき、胡坐《あぐら》をかいて背中を丸めている。その状態で、スマホを持った両手を大腿《だいたい》のあたりに乗せるスタイルだ。画面は顔よりかなり下になる。それに対し、肘をテーブルにつくなどして、画面を目とほぼ同じ高さにするスタイルの人もいた。早速帰ったら試してみよう。こたつやパソコンデスクの上も片付けなければ。

「他にもあります」

スマホで動画を見るときは、スタンドを使って画面の位置を目の高さと合わせるのもお勧めだ。ノートパソコンを使う場合も同じようにしたほうがいい。

ただ、使用時間が長くなりすぎないように注意する必要はある。できれば三十分に一度休憩するのが望ましい。

「鎮痛剤やブロック注射で痛みを軽減しようと思えばできます。でも、それはあくまで対症療法です。それより、こんなふうに考えてみてはどうでしょう」

――人生先は長い。おじさんになっても、おじいさんになっても、ゲームを楽しめるように、姿勢と健康を意識する。

「あ」

それなら分かる。激痛に耐えながらゲームを続ける自信はさすがになかった。

ミカはいつの間にか、診察用のベッドに浅く腰かけていた。

「ストレッチもいいですよ。後で詳しく教えますけど、例えばこんな感じ」

頭の上で両手で両肘を抱え、身体を側屈させる。

ぜひ、挑戦してほしいと倫太郎も言ったが、ストレッチは気が進まない。運動は嫌いだしめんどくさい。

「それはそれとして、栗田さんは、ここの脳神経外科の方針に納得いかないんでしたっけ。具体的に教えてください」

その話をするためにここに来たのだ。しかし、言葉がうまく出てこなかった。親指を太ももに叩きつけていると、ミカがクリップボードに挟んだ紙を差し出した。

「書くほうが簡単だったりします？」

その発想はなかったが、そうかもしれない。でも、紙に書く自信はなかった。

「スマホでいいですか？」

「もちろん」と倫太郎が言ったので、早速、メモアプリを開いた。

——重大な病気ではないのに、六千円もするCT検査は必要なかったのではないか。

——ドラッグストアでも売っている鎮痛剤やビタミン剤をなぜわざわざ処方するのか。

——紹介状がないという理由で八千円も余計に取られたのも納得いかない。

スマホを倫太郎に見せる。倫太郎はさっと目を通すと、腕組みをした。

「いやー、その気持ち、分かります。たかが神経痛でCTなんて大げさだって思いますよね。でも、僕が担当医でも撮ると思います」

他の重篤な病気である可能性を排除するために必要だと倫太郎は言った。神経痛と高をくくって様子見をしていたら、最悪の事態が生じるかもしれない。

「鎮痛剤については、おっしゃる通りです。患者さんが自宅で常備しているものがあるかもしれない。必要かどうか確認したほうがよかったですね。ただ、ビタミン剤は他の医師も出すんじゃないかな」

処方されたビタミン剤はおそらくビタミンB12だろう。神経を構成する物質を増やす働きがある。即効性はないが、栄養補助が目的ではなく、立派な医薬品だ。市販薬も存在するが、常備している人はあまりいない。ドラッグストアで買い求めるより、処方箋のほうが患者の費用負担は安くすむ。

「最後に、紹介状がない場合の特別料金についてですが……」

大病院と町のクリニックや診療所には、役割分担がある。例えば、風邪の症状がある患者が気軽に大病院に行ったら、大病院は長蛇の列になる。高度な医療が必要な重症患者が行き場を失う恐れもある。

「まずはかかりつけ医を受診し、必要に応じて大病院を紹介してもらうのが合理的なんです。そのためには、なんらかの歯止めが必要です」

翔は曖昧に首を振りながら下を向いた。

倫太郎の説明は、明快でよどみがなかった。筋が通っているようでもある。ただ、青島総合病院を擁護しているようにしか聞こえなかった。市山は、倫太郎が理事長と対立していると言っていたが、本当なのだろうか。

倫太郎は椅子に座りなおすと、背筋を伸ばした。

「そんなところです。ほかに聞きたいことはありませんか？」

「あ……。整体って意味ないですか？」

思わず口にしていた。

「そこまでは言いません。でも、まずは姿勢の改善やストレッチに取り組んでみませんか？　スマホ首を改善できる可能性は十分あると思うし、整体って結構高いでしょ。費用が高いという理由で医療機関を敬遠しておきながら整体に通うのは矛盾していると思いませんか？」

「でも、整体では話をじっくり聞いてくれるし」

「それはそうかもしれません。保険診療では、患者さんの話を聞く時間が取りにくいんです。どうにかしたいと思って、こういう場を設けてみたんですが」

保険診療と聞いて、はっとした。今日の診療費はいくらだろう。健康保険証の提示は求められなかった。自由診療だとしたら、またお金が飛んでいく。

恐る恐る確かめると、初回は千円でいいとミカが言った。

「後でお願いします。それより、ストレッチを覚えて帰ってくださいよ」

座っていたベッドから勢いをつけて立ち上がると、ミカは翔の腕を取った。手の温かさにどぎまぎしてしまった。

ストレッチは気が進まないが、断るのも面倒だった。

ふと気づくと、首を前に突き出していた。首をまっすぐ上に伸ばすように意識しながら、ミカの後について待合室に向かった。

3

二月頭に始まったバレンタインフェアがようやく今日終わる。コンビニはいつもフェアばかりだ。スイーツコーナーには、ハートマークがついた箱に入ったチョコがずらりと並んでいる。客足が途切れた頃合いを見計らい、翔はバックヤードから取ってきた商品を空《す》いている棚に補充した。

バックヤードを含めてまだたくさんの商品が残っている。今日中に売り切れるとは思えなかった。明日以降値下げして売るのか、それとも本部に返送するのかどちらかだろう。

どちらにしても乗本が不機嫌になるのは確実だ。八つ当たりをされたら嫌だなと思いながら、カウンターの中に戻った。

隣のレジは今日も市山が担当している。あの日以来、ほとんど口をきいていない。甘ったれだと言われたのは心外だった。市山のほうも気まずいのだろう。おしゃべり好きなくせに、話しかけてこようとはしなかった。疲れた様子でもあった。

翔の体調は、このところ上々だった。後頭神経痛は十日以上起きていない。ゲーム中の姿勢を変えたのがよかったのだろう。ストレッチも、ぼちぼちやっている。試しにやってみたら、肩こりが楽になったからだ。

　仕事中もなるべく顔を上げた。うつむいているのに気づくたび、自分の無様なカメ首が脳裏に浮かぶのだ。ニンニクオヤジよりさらにみっともなかった。なおさないと、そのうちきっと笑いものになる。

　顔を上げている時間が長くなった分、客と目が合う頻度も増えた。他人と目を合わせるのは大の苦手だったが、次第に慣れた。そして、気づいた。目が合うと、小さく笑いかけてくれる客がたまにいるのだ。温めた弁当を渡すときに目が合うと、「どうも」とか「ありがとう」と声をかけてくる客も現れた。

　ある日、「ありがとうございます」と微笑《ほほえ》んだ若い女性客に自分も笑みを返しているのに気づいて驚愕《きょうがく》した。意識的ではなかった。相手につられただけなのだが、心臓がバクバクした。次に彼女が来店したときは、意識して微笑みを交わした。そんな自分が信じられなかった。でも、悪い気はしなかった。

　自動ドアが開く音がした。入ってきたのは、まさにその彼女だった。地味な顔立ちだが、いかにも優しそうだった。

　突然大きな音がした。隣を見ると、市山がカウンターに大きく両手をついていた。顔色が真っ青だ。

　次の瞬間、市山の身体は大きくぐらつき、スローモーションのように床に崩れ落ちた。まるでゲームの映像のようだった。銃弾を受けた敵は、あんなふうに倒れる。でも、これはゲームじゃない。リアルな世界だ。

市山は身体を胎児のように丸めて、カウンターの内側の狭いスペースに転がっていた。そばにしゃがんだが、どうしていいのか分からなかった。息はあるようだ。こんもりとした胸が激しく上下している。

乗本の声がした。

「大丈夫か？」

カウンターの向こう側から乗本がのぞき込んでいた。その隣に、さっきの娘がいた。バックヤードから乗本を呼んできてくれたようだ。

そのとき思い出した。翔が痛みでしゃがんだとき、市山は総合受付に話をしてストレッチャーを回してもらうと言っていた。

「乗本さん、総合受付、行ってもらっていいですか？　事情を話してストレッチャーか何かを」

「分かった」

乗本は緊張した面持ちで踵《きびす》を返した。

ストレッチャーに乗せられた市山は意識のない状態で救急外来に運ばれ、そこで診察を受けた。医師によると、原因はおそらく過労だという。入院して意識を取り戻したら、明日以降、各種の検査を行う運びとなった。

市山は店に緊急連絡先として娘の電話番号を登録していた。しかし乗本がかけたところ、使われていなかったという。身内と連絡がつくまで、職場の人間が付き添うほかない。翔は本部から総務部の女性社員が駆けつけてくるまで、市山のそばにいることになった。

病院の職員に、四人部屋に空きがないので、一人部屋でもいいかと聞かれた。そんなの知るかと思ったが、病院側の事情なので追加料金は発生しないと聞いてうなずいておいた。

ナースが市山を着替えさせてベッドに寝かせたり、点滴をセットしたりしている間に、翔は店に戻って市山のバッグとコートをロッカーから取ってきた。戻ってくると、ナースはすでにいなかった。

その部屋は、ベッドの手すりや点滴のラックさえなければ、ビジネスホテルの一室のようだった。窓際には肘掛椅子と小さなテーブルが置いてある。

市山のコートを畳み、バッグと一緒に棚にしまった。本部の社員が来るまで、特にやることもなさそうだ。エレベーターホールの前にベンチがあった。あそこでゲームをしながら待つことにしよう。

部屋のドアを開けようとしたときだ。か細い声がベッドのほうから聞こえてきた。

「栗田君？」

振り返ると、患者衣を着て横たわっている市山が顔だけこっちに向けていた。点滴の効果が現れたのか、さっきより顔色がずいぶんいいようだ。目の力もしっかりとしている。

翔はベッドサイドに引き返した。

「具合、どうですか。なんなら、ナースを呼びますけど」

市山は首を横に振ると、点滴が刺さったままの腕で、ベッドの手すりをつかんだ。顔を歪めながら、上半身を起こそうとし始める。

「や、寝てないと。今晩は入院で明日以降は検査だって……」

市山は翔を無視すると、身体をひねって両手で手すりにつかまった。歯を食いしばるようにして身体を起こす。両足をベッドから下ろし、汗で濡《ぬ》れた前髪を指で払うと、市山は背中で大きく息をした。

「迷惑をかけてごめんなさい。もう大丈夫。悪いんだけど、店から私のバッグとコートを持ってきてくれる？」

「その棚に。服もナースが。でも、今晩は入院だって」

「そういうわけにもいかないのよ」

それは困る。乗本や本部の社員に怒られる。

そのとき思い出した。市山の意識が戻ったら、本人から親族に連絡を取らせろと乗本に言われていたのだ。

「娘さんに連絡してもらえますか？　乗本さんがさっきかけたけどつながらなかったらしくて」

「ああ。うちの子、一年ほど前からボランティアでラオスに行ってるから」

東南アジアの小国だ。

「とにかく、帰るわ。着替えるから部屋を出てくれる？」

市山は点滴の針の上に貼られたガーゼをはがし始めた。

「待ってください。今、ナースを呼ぶから。帰るならせめて許可を取って……」

ナースコールに伸ばそうとした翔の腕を市山がつかんだ。思いがけず、強い力だった。

「本部の人が来たら、きっと無理やり入院させられる。それは困るのよ」

市山は翔の腕を離すと、ガーゼを乱暴にはがし終えた。その下にあった点滴の針を腕から引き抜く。

病室のドアをノックする音がした。本部の社員が来たのだろう。市山の顔が歪んだが、翔は正直、ホッとした。

「どうぞ」

声をかけると、オレンジ色が目に飛び込んできた。ミカだった。ミカは両手で自分の胸を押さえた。

「気がついたんですね。よかった。店に行ったら市山さんが倒れたっていうからびっくりしちゃって」

ミカがふいに眉を上げた。ベッドサイドに歩み寄り、市山の腕を取る。

「点滴、抜いちゃったんですか？　痛かったとか？」

市山は唇を噛むと、帰りたいのだと言った。

ミカはベッドサイドにしゃがむと、市山の顔をのぞき込んだ。

「理由を教えてもらえますか？　場合によっては、あたしがドクターに掛け合います」

市山は天井を仰いだ。しばらくそうしていたかと思うと、泣き笑いのような表情を浮かべた。

「寝たきりに近い母が自宅にいるんです。今年で八十なんですが、半年ぐらい前から軽い認知障害もあって……」

「介護する人がいないと困るんですね。だったら、ケアマネに連絡を取ってヘルパーを手配して……」

市山は首を横に振った。

「私じゃないとダメなんです。特に夜は……」

夜中に目覚め、市山がそばにいないと、見捨てられたと思うようだ。泣き叫んだり、ひどいときには物を手当たり次第に投げたり、壁に身体をぶつけて自傷行為のような真似《まね》をするという。

「本当に平気ですから」

そう言うと、市山は立ち上がった。次の瞬間、彼女の身体がグラッと揺れた。そのまま膝から床に崩れ落ちそうになる。

ミカは素早く市山の身体を抱き起こすと、ベッドの上にいざなった。嗚咽《おえつ》を漏らし始めた市山にミカは言った。

「自宅の住所を教えてもらえますか？　鍵も貸してください。あたしがお母さんをみます」

「でも……」

「泣かれるかもしれません。でも、自分を傷つけるような真似はさせません」

ミカは棚から市山のバッグを勝手に取り出すと、内ポケットを探ってキーケースを引っ張り出した。強引だなと思いながら見ていると、ミカが翔の顔を見た。

「一緒に来て。死に物狂いで暴れられたら、あたし一人じゃ押さえられないかも」

明日はバイトは休みだが、今夜は関西のゲーマーと対戦する約束をしていた。でも、この状況ではさすがに断れない。

再びノックの音がした。入ってきたのは、ウールのコートを羽織った中年女性だった。

「レレマートから来たものですが」

翔は慌てて頭を下げた。

「あ、僕、バイトです」

制服を見れば分かるというように、女性は肩をすくめた。

「お疲れさまでした。交代します。ところで、こちらは？」

ミカはキーケースを掲げて見せた。

「市山さんの知り合いです。鍵を預かったので、自宅に着替えなんかを取りに行ってきます。市山さん、住所は？」

市山も、もはやこれまでと思ったのだろう。目を閉じたまま、低い声で住所をつぶやいた。

その夜から翌日の午前中まで、翔はミカと市山の母親の三人で、市山の自宅で過ごした。五階建てなのにエレベーターもない古い団地の三ＤＫだった。

玄関を入ると、消毒液のにおいに混ざって、糞尿《ふんにょう》の臭いがかすかにした。翔が小さかった頃、同居していた父方の祖母が寝ていた部屋を思い出した。こんな臭いだった。表札によると、市山の母親は礼子《れいこ》という名前のようだ。声をかけて奥に進む。礼子さんは南向きの六畳間で介護ベッドに横たわっていた。二人の顔を見るなり、怯《おび》えた表情を浮かべて泣き始めた。

部屋の隅に、紙おむつのパック、その隣にふたつきのゴミ箱が置いてあった。

ミカは礼子さんにゆっくりと声をかけ始めた。

「あたしたちマナさんの知り合いです。マナさんは今日は病院に泊まるので、代わりに来ました」

泣き声はやまなかったが、暴れ出しそうな気配もなかった。いったん部屋を出てくれとミカに言われたので、ふすまを隔てたダイニングで椅子に座って待っていた。しばらくすると、ミカは衣類の束を持って部屋から出てきた。おむつを替えて、汚れた寝巻を交換したようだ。洗面所で水を流すような音がしばらくしていた。戻ってきたミカは、冷蔵庫の中身をチェックして、おかゆのようなものを作り始めた。それから先は、悪夢のようだった。

ミカは介護ベッドの背を起こし、おかゆをスプーンですくって礼子さんの口元に持っていった。礼子さんはいきなりミカの手を振り払った。その拍子に飛び散った汁が礼子さんの腕にかかった。気持ち悪いと叫んでいたかと思うと、悲痛な声で市山の名前を呼び始めた。

「お母さんを置いていかないで」

ミカは、ベッドの脇にひざまずき、礼子さんの腕を撫《な》でながら、市山は明日か明後日《あさって》には戻ってくると言い聞かせた。そんなミカに礼子さんは唾を吐きかけ、オーバーベッドテーブルに置いてあったコップの中身をぶちまけた。テーブルや食器を片付け、ベッドの背を元通りに倒しても、礼子さんの興奮は収まらなかった。

ミカは終始、穏やかな口調で礼子さんに声をかけ続けた。翔もせいいっぱい、彼女に倣った。それでも、人間の体力や気力には限界がある。もうダメだと翔が思ったとき、ミカのスマホに着信があった。

「先生だ。ビデオ通話だなんて、どうしたんだろう」

そう言いながら、スマホの画面を見ていたミカの顔に、みるみるうちに笑みが浮かんだ。

画面に映っていたのは、市山だった。患者衣を着ているが、顔色は悪くない。

「お母さーん、大丈夫？」

市山の声だと分かったのだろう。礼子さんは、驚いたように身体を強張《こわば》らせた。ミカが彼女の目の前に画面を差し出す。礼子さんは首をやや傾けると、画面にむかってささやきかけた。

「マナ?」

「そう。体調を崩しちゃって、今病院なの。明日には帰るから待ってて。聞こえてる?」

礼子さんは、目を見開いたまま、しっかりうなずいた。

市山はそれからしばらくの間、ラオスにいる娘の近況など他愛《たわい》ない話をした。礼子さんは、満足そうにうなずいていた。

ビデオ通話が終了すると、礼子さんは首を回してミカと翔を見た。照れ臭そうに目を細めると、「お腹《なか》が空いた」と言って、天使のような笑みを浮かべた。

翔の胸がいっぱいになった。

礼子さんがあと何年生きるのかは分からない。でも、彼女は今をたくましく生きている。そんな彼女を市山は渾身《こんしん》の力をふり絞って支えている。過労で倒れてしまったぐらいだ。市山のやり方が正しいかどうかは分からない。でも、少なくともこれだけは言える。

――いつ死んでもいいんだし。

そんなつまらない台詞を吐いた自分は幼稚で恥ずかしい。

4

　市山は一晩で退院した。自宅で療養するといって、担当医を説き伏せたようだ。大事をとって、仕事は三週間の休みを取った。乗本が人手が足りないと言って、胃を押さえていたので、翔は自ら手を挙げ、シフトに入る日を増やした。

　復帰する前日の午後、市山は菓子折りを二つ持って、店に現れた。一つを乗本に渡すと、倫太郎とミカに挨拶に行くのだと言った。翔も休憩時間を利用して同行することにした。久しぶりにあの二人に会いたくなったのだ。

　遊歩道を並んで歩いていると、春が近づいているのが分かった。樹《き》から青いようなにおいがする。

　市山が歩きながら頭を下げた。

「いろいろありがとね。すっかり元気になったわ」

「でも、介護もあるから」

　そう言うと、市山は首を横に振った。

「一時帰国した娘と相談して、母を施設に預けることにしたの。今、ケアマネさんに施設を探してもらってる。前からそうしたほうがいいとは思ってたんだ。両親が住んでた家を売ったお金はそっくり残してあったし。なのに、決心がつかなくてね」

市山は自分はこれまで二度母を捨てたと言った。

「一度目は二十歳《はたち》のとき。うるさく干渉されるのが嫌で家出同然に出て行ったのよ。連絡先も教えなかった」

二度目は、結婚して子どもができたときだという。

「さすがに報告しなきゃと思って、清水《きよみず》の舞台から飛び降りる気持ちで実家に行ったの。そうしたら、両親の夫婦仲が険悪になってた。今でいうモラハラね。母に離婚を勧めたら、逆に同居してほしいって言われちゃって」

無理だと思った。夫も反対したので断った。その後も母は父との関係に苦労したらしい。なるべく実家に顔を出すようにしたが、そのたびに母に愚痴をこぼされた。

五年前、市山自身が熟年離婚をした。その少し後に父親が亡くなった。成人した娘が一人暮らしを始めたこともあり、母を呼び寄せ、一緒に暮らすようになった。しかし、穏やかな日々は長く続かなかった。二年前、転んで骨折したのを機に、母は寝たきりに近い状態になった。半年ぐらい前から軽い認知障害も出始めるようになった。

「二度と捨てないでって泣かれるとね……。ヘルパーさんが来るのも嫌がるから、ほとんど一人で面倒をみてた。でも、私も年だし、そろそろ限界かなって。それに、娘にこんなふうに言われたのよ」

――お母さん、私がラオスに行くのを嫌がってたでしょ。迷ってたとき、おばあちゃんに言われたんだ。辛いこともあったけど、おばあちゃんは、お母さんが好きに生きてくれてよかったって。だから、私も好きに生きたらいいって。

「その言葉を信じようと思ったの。それに、母を捨てるわけじゃない。施設に頻繁に顔を出すつもり。ビデオ通話もあるしね」

施設の職員がビデオ通話をサポートしてくれるところもあるそうだ。

そう言うと、市山はポケットから真新しいスマホを取りだした。

「私が使えないと話にならないからね。メッセンジャーアプリのアカウントを教えてもらっていい？」

「ああ、はい」

「どうやるんだっけ」

立ち止まり、アカウントの二次元コードを読み込む方法を教え、アカウントを交換した。市山は満足そうにうなずくと、再び歩き始めた。

そのとき、人が争うような声が聞こえてきた。総合内科が入っている古い洋館は、緩やかなカーブを曲がった先にある。誰か訪ねてきているのだろうか。

人声は市山の耳にも入ったようだ。首を傾げながら、翔の顔を見上げる。

「何かあったみたいね」

カーブの途中に差し掛かったところで二人は同時に足を止めた。洋館のポーチの下に、ヘルメットをかぶり、作業服を着た男が六人ほど立っていたのだ。バールやハンマーを手にしている。

ポーチにはスーツ姿の男がいた。苛立った様子でドアをノックしている。

見つかってはいけないような気がした。市山に目くばせをすると、遊歩道から林の中に入った。下草が脚にからみつく。

木の陰から様子をうかがっていると、市山がささやいた。

「ドアの前にいるのが青島理事長」

それを聞いてだいたいのところを察した。

理事長を始めとする病院の幹部は、倫太郎と総合内科の存在を快く思っていない。洋館を解体してしまえば、倫太郎が出ていくと考えたのだろう。状況から考えて、倫太郎は建物の中にいるはずだ。理事長はポーチから降りてくると、作業員に声をかけた。何人かがのっそりと動き出す。そのうちの一人がハンマーを振り上げ、ポーチに打ち下ろした。耳障りな音とともに、ポーチの手すりがぐしゃりと折れた。

震えていると、背後からひそやかな足音がした。振り向くと、ミカが立っていた。いつになく青ざめている。

「ミカちゃん、何があったの？」

「診察中にいきなり理事長が解体業者を連れてきたんです。解体工事を始めるから、外に出るように言われました」

倫太郎は患者を病院の正面玄関まで送るようにとミカに申しつけ、二人を外に出した。その際、看護部長の関川に状況を説明して連れてくるようにと言ったそうだ。

市山はうなずいた。

「理事長は関川さんに頭が上がらないからね。駆け出しの頃、あれこれフォローしてもらったそうなのよ。それで関川さんは？」

ミカは唇を噛むと、首を横に振った。

「学会で出張中だそうです。事務長にも声をかけてみたんですが……」

悲しそうな目をして再び首を横に振ると、倫太郎にはメッセージを送ってそのことを伝えたと言った。市山がスマホを取り出した。電話帳を表示するのに苦労しているようだったが、どこかへ電話をかけ始めた。

ハンマーの音があたりに響き渡り、ポーチがみるみるうちに破壊されていく。床はもう半分も残っていない。建物の解体には重機を使うものだと思い込んでいたが、人力でもこんなに簡単に壊れるものなのだ。呆然《ぼうぜん》としていると、市山の声がした。

「ミカちゃん、今日は車？」

「そうですけど」

「職員用の駐車場ね。ちょっと来て」

市山はミカの腕を引っ張ると、遊歩道を引き返し始めた。

「あ、え……」

戸惑っていると市山が言った。

「栗田君は残って。何かあったらメッセージをお願い」

翔の返事を待たずに、二人は走り出した。

それから三十分ほどで、ポーチはほぼ完全に解体された。土埃が風に乗って流れてくる。

正面のドアが開いた。倫太郎が立っていた。いつものスタイルだが、表情は険しかった。

作業員たちが手を止めた。少し離れた場所で解体工事を見守っていた理事長が建物に近づく。

「兄さん、さっさとそこを出てくれ。これ以上は危険だ」

「ここを壊すなら、僕の診療科を院内に作ってくれよ。院内の一部門として運営したいんだ」

「何度も言ってるだろ。医療相談は保険が使えない。自由診療として患者からそれなりの費用を取るならいいけど、兄さんが言うように、気軽に相談できる料金にして、赤字を他から補塡するなんて無理だ。しかも、兄さんは、うちの医者の治療方針にまでケチをつける。この前も脳神経外科から苦情が出てたぞ。鎮痛剤を処方する前に必要かどうか患者に聞けだなんて、余計なお世話だよ」

理事長はそこで言葉を切ると、頭を下げた。

「頼む。よろず相談なんかやめて、うちの内科を引っ張ってほしい。俺の下で働くのが嫌なら、アメリカの大学病院に戻ってもいいんじゃないか？」

倫太郎はドア枠に手をかけると、首を横に振った。

「僕は父さんが遺《のこ》したこの病院をもっとよくしたいんだ」

「兄さんがやってることはその逆だ」

そのとき、背後で砂利を踏みしめるような音がした。振り返ると、ミカと市山がカーブを曲がってくるところだった。ミカは車椅子を押していた。乗っているのは、老婦人のようだ。つばつきニット帽を目深にかぶり、首元に分厚いショールを巻いていた。背筋はピンと伸びており、不思議な威厳があった。

三人は翔の前を通り過ぎると、洋館へと進んだ。作業員たちが気圧《けお》されたように道を空ける。

いったいあの老婦人は誰だろうと思っていると、ドアの後ろに立っていた倫太郎がその場にしゃがんで床に手をついた。ポーチがあった場所に慎重に降り立つと、廃材をまたぎながら車椅子のほうに向かった。しゃがんで老婦人と視線の高さを合わせると、倫太郎は言った。

「お母さん、大丈夫ですか？」

理事長が息を呑《の》むように口元を手で覆うと、車椅子に駆け寄った。

「なんでここに……」

「柳司《りゅうじ》が無茶をしてるって聞いたからよ。すぐに作業員さんたちに帰っていただいて」

寒いのか声が震えていた。理事長は一瞬怯《ひる》む様子を見せたが、きっぱりと首を横に振った。

「兄さんにこれ以上勝手をされては困るんです」

「関川さんは、倫太郎の試みは画期的だと言ってましたよ」

「大半のスタッフは迷惑しています」

前理事長夫人はこめかみのあたりを押すようにした。

「倫太郎には常識が欠けてるものね。身勝手なのも知ってるわ」

車椅子のそばにしゃがんでいた倫太郎が首をすくめた。前理事長夫人はかまわず続けた。

「でも、お父さんは言ってた。倫太郎には、自分や柳司には見えない未来の病院の姿が見えているようだって」

理事長はぐっと胸を反らせた。

「病院のトップは僕です」

前理事長夫人は帽子のつばを少し上げて、理事長の顔をまっすぐに見た。唇がわなわなと震えている。

「だとしても許しません。この建物は、お祖父《じい》さまが初めて作った診療所なのよ。私も受付で働いてた。思い出が詰まってるの。どうしても解体するというなら、他の理事たちに私から声をかけて反対させます」

毅然《きぜん》とした声だった。

理事長は何か言おうと口を開きかけたが、唇を引き結んだ。やがて作業員のほうに向き直った。親方らしい男に、引き上げるように指示をすると、車椅子のところに戻ってきた。

「お母さん、帰りましょう。こんなところにいたら風邪をひく」

「柳司、じゃあいいんだね？」

倫太郎が立ち上がりながら声をかけたが、理事長は首を横に振った。

「認めたわけじゃない。解体を中止しただけだ。ポーチは直しとく」

理事長は車椅子のハンドルを自ら握った。二人はどこにでもいる親子に見えた。

遠ざかる車椅子を見送りながら、倫太郎が市山に声をかけた。

「市山さんが、母を呼んでくれたんですか？」

「関川さんと二人で落語のテープをお届けに上がったとき、この建物への思いをうかがいました。倫太郎先生が使ってくれて、嬉しいともおっしゃってました」

倫太郎の目が輝いた。

「母がそんなことを？　それは嬉しいなあ。僕は柳司と違って、非常識で身勝手な不肖の息子だから。病院を継がずにアメリカに行くって言ったとき、泣かれましたよ」

二人の会話を聞きながら、翔は思った。いつかは父と母も、礼子さんや前理事長夫人のような気持ちになってくれるだろうか。

でも、市山や倫太郎と自分には、大きな違いがある。二人は飛び出した実家に戻ったり、連絡を取ったりしたのだ。

まだその気にはなれない。でも、少し気になる。久しぶりに輝に連絡を取ってみようかと思いながら、いつの間にか前に出ていた首を上に伸ばした。

理想の最期

1

毎週木曜日の午後、ハンドメイド好きな友だち二人と手を動かしながらおしゃべりする時間が隅谷町子《すみたにまちこ》にとって何よりの楽しみだった。会場はコミュニティーセンター、通称「コミセン」。昭和風に言うなら、地域の集会所の一室である。

今日は自分で染めた薄桃色の毛糸を持ち込んだ。ベストを編むつもりだった。テーブルに材料や道具を並べていると、毛利恵美《もうりえみ》が毛糸玉を手に取った。

「上品な色ねえ。もしかして自分で染めた？」

「何を使ったと思う？」

浅沼朋子《あさぬまともこ》が首を傾《かし》げながら言った。

「桃の花、とか？」

里芋の皮を使ったと言うと、恵美と朋子は感嘆の声を上げた。

町子の夫、克也《かつや》は、近所にある農園で有償ボランティアをしている。昨年末にもらってきた里芋があまりにも立派で皮も捨てるのがもったいなかったので、染物に使った。

「自分で着るベストを編もうと思ってるんだけど、毛糸が大量に余りそうなの。朋子さん、よかったら刺繡《ししゅう》に使う？」

「ありがとう。でも、大人っぽい色だから、遠慮しておこうかな」

朋子は刺繡やフェルトでデコレーションしたポーチや巾着を作り、近所の児童養護施設に寄付している。

「確かに子ども向けじゃないね。恵美さんは？」

「編み物は苦手なの。目を数えてると、キーってなっちゃう」

恵美が凝っているビーズ刺繡のほうこそ細かい作業が多そうだが、得意不得意は人それぞれだ。

「そっか。じゃあ、主人のベストでも編もうかな」

町子が言うと、恵美が顔をほころばせた。

「ピンクのベストでペアルック？　いいわね。でも旦那さん、嫌がらない？」

「むしろ嬉《うれ》しいんじゃない？」

朋子に真顔で言われ、町子は苦笑いをした。二人とも不正解だ。

「目の前で同じベストを着てても気づかないと思う。服に無頓着なのよ」

恵美と朋子は顔を見合わせ、噴き出した。この集まりは本当に楽しい。

二人とは、地域の手作りキャンドル教室で知り合った。全四回の期間中、同じテーブルを囲んで作業した。最終日に朋子が連絡先を交換しようと言い出した。同年輩に見えたし、気も合いそうだったので喜んで応じた。年をとったら同好の士は貴重な存在だ。

恵美は町子と同い年の専業主婦。双方とも子どもは独立しているが、町子が夫と二人暮らしなのに対し、恵美は姑《しゅうとめ》と同居していた。朋子はアパレル会社を定年退職したシングルで、駅前のタワーマンションに住んでいる。二人とも性格に癖がなく、気楽に付き合えそうだった。

教室が終わった後も手を動かしながらしゃべりたいねという話になり、コミセンに集まるようになった。建物も設備も古いが利用料が一時間二百円と安く、広々としたテーブルを作業に使えるのが魅力だ。休憩時間に食べるお菓子は、順番に持参する習慣がいつしかできた。

親しくなるにつれて二人から愚痴もポツポツと出るようになった。恵美は料理の味付けにうるさい姑が悩みの種で、朋子は一人暮らしの老後に不安を抱えているそうだ。ネガティブな言葉を冗談というオブラートに包むのが上手なのだろう。二人の愚痴は聞いていて嫌な気持ちにはならなかった。還暦を過ぎると愚痴の吐き方も熟練の域に入るのかもしれない。ただし、町子自身は意識的に愚痴を控えていた。愚痴を言いすぎて学生時代の親友に関係を断たれた経験があるからだ。この二人とは、この先長く付き合いたい。

二時半を回ったところで、休憩にしようと朋子が言った。

「今日は塩大福を持ってきてみた」

町子は編みかけのベストと道具類を脇に寄せ、熱いお茶が入った保温ボトルを出した。二つずつ配られた塩大福の一つを早速手にして口に運ぶ。

「甘さとしょっぱさのバランスが絶妙ね」

感想を述べると、恵美も同意した。

「何個でもいけそう」

「実はこの大福、先週お世話になった青島《あおしま》総合病院の先生の好物なの。勧められて買ってみたんだ」

「朋子さん、どこか具合が悪いの？」

心配顔で恵美が言うのを朋子は笑顔で否定した。

「あの病院の総合内科は、よろず相談を受けてくれるのよ」

帯状疱疹《ほうしん》のワクチン接種をするか迷っていたので、聞きに行ってみたのだそうだ。

「患者と対等の立場で話してくれるいい先生よ。見た目もチャーミングだし」

患者に自分が好きなお菓子を勧めるなんて、ずいぶん変わった医者だなと思いながら、町子は塩大福をほおばった。

玄関のドアが閉まる音で目が覚めた。夫の克也が帰ってきたようだ。

町子はソファに横たえていた身体《からだ》を起こした。

つけっぱなしのテレビから、午後六時のニュースが流れている。帰宅した後、編み物の続きをしながら大相撲の中継を観《み》ていたのだが、いつの間にかうたた寝をしていたらしい。編みかけのベストとリーディンググラスがローテーブルに放り出してあった。

洗面所で水を使う音がしばらく聞こえていたかと思うと、階段を上る音がした。寝室で着替えるのだろう。足音はすぐに下に降りてきた。

克也がリビングルームに入ってくる。手には夕刊を持っていた。

「遅かったね」

声をかけると、克也は気まずそうな顔をして、半白髪の髪をかき上げた。

「平蔵《へいぞう》さんたちとちょっと」

平蔵というのは、克也がボランティアをしている樫尾《かしお》農園の経営者だ。報酬は微々たるものだが、仲間との付き合いが楽しいようで、週三のペースで通っている。

「ご飯にしようか」

夕食の準備は午前中に済ませてあった。おかずをレンチンして汁物を温めれば完成だ。夕刊をローテーブルに置くと、克也は慣れた手つきで食器棚からご飯茶わんや取り皿を出し始めた。新聞社の経理部に勤めていた頃には考えられなかった行動だが、克也らしくもあった。克也は真面目《まじめ》な性格だ。

退職間もないある日、セカンドライフの指南書のようなものを買ってきた。パラパラとめくったら、「家のことをパートナー任せにしない」と書いてあった。それを実践しているのだろう。

肉豆腐を主菜にした一汁三菜の夕食を終えると、克也は「お茶でも飲むか」と言って、やかんでお湯を沸かし始めた。町子としては、さっさと後片付けをして編み物の続きをしたかったのだが、今夜の克也は落ち着きがなかった。何か話があるのかもしれない。だとしたら邪険にしないほうがいい。例の指南書には、「パートナーの話に耳を傾けるのが大切」とも書いてあった。

「今日、朋子さんに塩大福をいただいたの。食べちゃおうかな。半分どう？」

ひとつを持って帰ったのだ。克也は呆《あき》れたような笑みを浮かべながら首を横に振った。夕飯を食べたばかりなのに、よく入るなと顔に書いてある。克也は分かってない。デザートは別腹だ。

克也が話を切り出す様子がなかったので、町子は一人息子の直樹《なおき》一家の話をしてみた。克也が勤めていたのとは別の新聞社で記者をしている直樹は、およそ二年前、妻子を伴って博多に転勤した。四歳になる孫娘の麗香《れいか》に正月と夏休みの二度しか会えなくて寂しいが、それもあと一年ちょっとの辛抱だ。来年は東京に戻れるだろうと直樹は言っていた。

「そのタイミングでマンションを買ったらどうかしら」

「当分は賃貸でいいって直樹は言ってたけど」

「それは方便。頭金が貯《た》まってないのよ」

嫁の亜紀実《あきみ》は外食や旅行が大好きだ。服や化粧にもお金をかけている。あれでは貯金なんてできないはずだ。

「頭金をいくらか出してやったらどうかと思ってるんだけど」

克也は曖昧にうなずいた。

「今度直樹に聞いてみる。それはそうと……」

克也は背筋を伸ばした。やはり何か話があるのだ。町子は塩大福をかじった。口を動かしながら、克也の言葉を待つ。

「僕もいい年だ。お金のこともそうだけど、そろそろいろいろ決めておきたい」

町子は塩大福を飲み込んだ。

「終活にはまだ早いと思うけど」

「そうでもないよ。この前読んだ記事に六十代で始めたほうがいいって書いてあった。

その手始めとして、尊厳死を希望しようと思う。リビング・ウィルを書きたいんだ」

だしぬけに言われ、困惑した。尊厳死はともかく、リビング・ウィルなんて聞いたことがない。

「リビング・ウィルって何？」

「日本語にすると生前の意思。尊厳死の希望を医療関係者や周りの人に伝える書類だよ」

「その書類を書くとどうなるの？」

「病気や怪我《けが》で回復が見込めない状態になったとき、自分の意思で死ねるようになる。いざというときのために、書類を保管しておいてくれる団体もあるんだ」

町子は克也を凝視した。

――なんて怖い話をするんだろう。

昨年末、克也とテレビを観ていたとき、たまたま流れた番組を思い出す。外国の安楽死事情を紹介する番組だった。難病に冒された女性が死を選択し、医者に薬物を注射してもらって最期を迎えるまでを描いていた。

女性に同情は覚えた。見るからに苦しそうだったからだ。でも、共感はできなかった。家族は残念そうだったし、そもそも自ら死を選ぶなんて許されないような気がする。もっとはっきり言うと、自殺みたいで嫌だ。

安楽死と尊厳死は似たようなものだろう。あの女性と同じような最期を克也が望んでいるのならありえないと思う。町子が口を開く前に克也は続けた。

「家族の同意もあったほうがいいようなんだ。近いうちに書類を用意するからサインを頼むよ」

ますますありえない。そもそも、なんでいきなりそんな話になるのだ。

「ひょっとして年末に一緒に観たテレビの影響？」

克也はその番組をすぐには思い出せないようだった。

「外国の難病の女性が出てた番組よ」

「ああ、あれか。関係ないよ。安楽死と尊厳死は違うし」

「どっちにしたって反対です。あなた、まだ六十七歳じゃない。終活はお義母《かあ》さんをお見送りしてからにしたら？」

今年九十二歳になる克也の母は、横浜市の郊外にある克也の姉の家で暮らしている。

これでこの話は終わりだと思ったのだが、克也は言葉をさらに重ねてきた。

「備えあれば憂いなしって言うじゃないか」

そんなぼんやりとした理由で、命に関わる重大な決断をするものだろうか。戸惑いながら克也を見た。克也は町子から視線を逸《そ》らし、テーブルに視線を落とした。その視線を今度は食器棚に向ける。

町子の脳内で警報が鳴った。動揺しているとき、克也の視線はV字形に動く。ちょうど今のように。隠し事をしているのだろうか。あるいは、嘘《うそ》をついているのか……。そのとき、恐ろしい考えが町子の脳裏をよぎった。

「もしかして大きな病気が見つかったとか?」

克也が眉を上げた。何を言われているか分からないようだ。

「正直に答えて。もしそうだとしても、簡単に諦めないでよ」

医療の世界は日進月歩だ。余命宣告を受けてから何年も生きた人の話なんて、そこらへんにいくらでもあると言うと、克也はうんざりしたように首を横に振った。

「病気なんかじゃない」

「じゃあ、なんで尊厳死なんて言い出すのよ」

克也の視線が再びV字を描いた。

「シャワーを浴びてくる」と言うと、克也は乱暴に椅子を引いた。

浴室から水音が聞こえ始めたのを確認すると、町子は階段を上って克也の寝室に入った。直樹が大学を卒業するまで使っていた部屋だ。五年前、直樹のベッドやデスクを捨てて克也のベッドを持ち込んだ。夫婦の寝室だった部屋の克也のベッドがあった場所には、ずっとほしかったアンティークの足踏みミシンを買って置いた。ハンドメイド仲間二人と同様、長く付き合いたい。

ベッドサイドのテーブルに、スマホと三つ折りの財布が置いてあった。後ろめたさを感じたものの、嘘をつくほうが悪いのだと自分に言い聞かせ、スマホを手に取った。

予想はしていたが、ロックがかかっていた。誕生日など思い当たる数字を入力してみたが、解除できなかった。交通系ICカードの利用履歴を見れば、病院に行ったかどうか分かるかもしれないと思ったのに残念だ。

次に財布を開いた。お札とともにレシートが何枚か無造作に突っ込んであった。一枚ずつ広げてチェックしていく。三枚目を手に取ったとき、町子は自分の顔色が変わるのが分かった。

大手コンビニチェーン、レレマートのレシートだった。日付は十日前。コーヒー飲料を一本購入している。

レレマートなら近所にもあるが、レシートには「青島総合病院店」と印字されていた。青島総合病院と言えばこのあたりで一番大きな病院だ。ただの風邪や腹痛ぐらいで行くようなところではない。やっぱり克也は重病なのだ。だから、あんなことを言い出したに決まっている。

浅い呼吸を繰り返しながら震えていると、背後で音がした。パジャマ姿の克也が立っていた。肩にタオルをかけ、目を見開いたかと思ったら、怒気のこもった声で言った。

「何してるの?」

財布を手にしたままでは、言い訳のしようがなかった。でも、重大な隠し事をするほうが悪いのだ。町子はレシートを突き出した。

「青島総合病院に行ってるじゃない。なんの病気?」

克也は息を呑《の》んだかと思うと、苛立《いらだ》ちをあらわにした。

「いい加減にしてくれ」

その日は、畑に行ったら必要な資材が届いておらず、作業ができなかった。そこで、急遽《きゅうきょ》予定を変更して、平蔵と二人で膝に人工関節を入れる手術で入院中のボランティア仲間、水野《みずの》を見舞ったのだという。

「駅の向こうでイタリアンの店をやっているシェフ。平蔵さんは緑内障で免許がないから、運転を頼まれたんだ。水野さんとは僕もわりと仲がいいし」

「そんな話聞いてない。なんで黙ってたの?」

克也は顔をしかめた。

「いちいち報告しなきゃならない?」

そんなふうには思っていないが、克也を信じられない。お見舞いに行ったと言ったとき、克也の視線は不穏なV字を描いていた。

2

門かぶりの槙《まき》の木をぐるると、煙のにおいが漂ってきた。来るように言われた時間の五分前だが、火起こしがすでに始まっているようだ。

二百坪は優にありそうな樫尾家の敷地には、コンクリートが敷かれていた。正面に瓦屋根の母屋、向かって右手にシャッターを開け放ったプレハブガレージや倉庫が並んでいる。ガレージの中には、土が付いた軽トラックやトラクターが並んでいた。

倉庫の前には、床面積が四畳半ぐらいありそうなタープテントが張られていた。七、八人ほどの男女が、テントのすぐ外に置かれたバーベキューコンロを囲んでいる。炭を団扇《うちわ》で扇《あお》いでいる年配の男は火起こしの経験が乏しいようだ。コンロから白い煙がもうもうと立ち上っていた。

「団扇、貸してもらっていいっすか？」

近くにいた若者が、団扇に手を伸ばそうとした。年配の男は「これでいいんだ」と言いながら、若者の手を振り払った。若者は苦笑しながらコンロから離れた。

このバーベキューは樫尾農園が年に二度、春分と秋分に開催する恒例行事だ。ボランティアのほか、その家族もウェルカムだそうだが、町子が参加するのは初めてだ。

尊厳死の話をした翌日、克也からぜひ出席してくれと言われた。退院した水野も参加するので、彼と会って誤解を解いてほしいそうだ。

口裏合わせをされたら意味がないので迷っていたが、さすがにそこまではしないような気がするし、疑心暗鬼を引きずるのもよくないと思って、参加を決めた。

コンロの周りにいる人たちと軽く挨拶を交わすと、克也はタープテントに入っていった。中には折り畳み式のアルミテーブルが広げてあった。調理器具やパックに入ったままの肉類のほか、スティック状に切った野菜、ポテトサラダなどが所狭しと並んでいる。あの立派な里芋も皮付きのまま笊《ざる》に盛り上げられていた。アルミホイルの箱が隣にあるから、包んで蒸し焼きにするのだろう。

椅子に座っている小柄な老人が手を上げた。

「いらっしゃい。奥さんもようこそ」

克也は挨拶を返すと、町子を振り返った。

「平蔵さんだ。隣にいるのが水野さん」

平蔵は顎が四角張っていた。いかにも頑固そうだが、目を細めてニコニコしているところを見ると、好人物なのだろう。水野のほうは目鼻立ちがはっきりしていて、髪の毛がくるくる巻いていた。絵本に出てくる雷様みたいだ。

「隅谷さん、先日はわざわざありがとうございました」

「その後どうですか?」

水野は椅子の背に立てかけた杖《つえ》を触った。

「痛みが引かなくてね。まだこれを手放せないんです」

仕事のほとんどは入院中と同様、若いスタッフにやってもらっているそうだ。平蔵が腕を組みながら背もたれに身体を預けた。

「担当医の治療方針がおかしいと思ったら俺に言って。あの病院には親しい先生がいるから聞いてみるよ。それはそうと、畑にはいつ頃復帰できるんだい？　孫がシェフの話を楽しみにしてるから」

「来月ぐらいからですかねえ」

克也が目くばせを送ってきた。町子はそっとうなずいた。

水野の口調にわざとらしさはないし、会話の流れも自然である。口裏合わせをしている可能性は低そうだ。ホッとしたものの、胸のモヤモヤは消えていなかった。重病でないなら、克也はなぜ尊厳死を希望するなんて言い出したのだろう。

水野が突然声をかけてきた。

「奥さん、畑のほうは?」

「アウトドアは苦手で……。でも、こちらのお野菜はいつも美味《おい》しくいただいています」

「最高ですよね。店でも使ってるんですが、評判いいですよ」

平蔵が相好を崩す。

「いっそのことベジタリアンコースを開発したらどうだ。健康志向の女性に受けそうじゃないか」

そう言うと、平蔵は何かを思い出したように克也を見た。

「女性と言えば……」

そのとき水野が「あっ」と声を出した。

「話の途中ですみません。鶏肉《とりにく》用の漬けダレを作ってきたんだった。肉を焼く前にしばらく漬けておきたいんですが」

足元に置いてあった紙袋から、ジッパー付きの大きなポリ袋を取り出す。タレはトマトベースなのか、赤っぽかった。

「私でよければ、やりましょうか」

手伝いを申し出ると、水野は恐縮したように頭を下げた。鶏モモ肉を二枚か三枚、一口大に切って袋に入れてほしいという。

お安い御用だ。でも、その前に手を洗いたかった。

「平蔵さん、水道はどこですか？」

平蔵はコンロのそばにいたさっきの若者に声をかけた。

「おおい、隅谷さんの奥さんを水場に案内してあげて」

若者が町子に向かってひょいと頭を下げた。樫尾農園は平蔵の孫が継ぐと聞いている。この若者がそうなのだろう。

孫と一緒に働けるなんて幸せだと思いながら、町子は若者の後について水場に向かった。

バーベキューの翌日は、ハンドメイド仲間との恒例の集まりがある木曜日だった。いつもは、午前中に買い物や夕飯の支度を済ませ、いそいそとコミセンに出かけるのだが、今日は気乗りがしなかった。重病疑惑は解けたが、依然として克也との間はギクシャクしていた。

バーベキューから帰宅した後、克也に謝った。財布の中を勝手に見て思い込みで嘘つき呼ばわりしたのは、町子の落ち度である。

克也は謝罪を受け入れてくれた。そこまではよかったのだが、ダイニングテーブルに向かい合って座ると、克也は改めて尊厳死への同意を求めてきたのだ。

「回復の見込みがなくなったら、自分の意思で死にたい。機械やチューブにつながれてまで、生き永らえたくないんだ。そのどこがいけないのか分からない」

「でも……」

簡単には賛成できなかった。スマホの検索機能を使って、自分なりに尊厳死について調べてみたのだ。

いくつかのサイトをざっと見たところ、さっき克也が言ったようなことが書いてあった。要するに、自分の意思で命に見切りをつけるのだ。そもそも、町子は尊厳死がいいものだとは思えなかった。寝たきりになったり、意識がなくなったりしても、克也には生きていてほしい。死んでしまったら、二度と顔を見られないのだ。そのときのことを想像しただけでも、涙が出てくる。

なのに、克也のほうは現世にも町子にも見切りをつけて、さっさと逝きたいようだ。水臭いというか、寂しすぎるというか。さらに言えば、立場が逆になった場合、「意識がなくなったらさっさと逝け」と言われているようで悲しい。夫婦って、家族ってなんだろう。

克也は苛立った様子で言った。

「僕の人生は僕のものだ」

「分かってる。でも、唐突すぎるのよ。せめて尊厳死を希望する理由を教えてもらえない？　一緒に観た安楽死の番組でも、当事者が家族と何度も話し合いを重ねていたでしょ」

克也はわざとらしいため息をついた。

「前にも言っただろ。安楽死と尊厳死は違うって」

「そういう話をしたいんじゃない。しつこいようだけど、なんで尊厳死なんて言い出したの？」

詰め寄ったところ、克也は町子から視線を逸らしながら腰を上げた。

「もういい。これ以上話しても無駄だ」

吐き捨てるように言う。話し合いすら放棄するのか。いくらなんでもひどすぎる。

町子も立ち上がった。

「逃げないでよ」

腕をつかもうとした瞬間、強い力で振り払われた。

「痛っ」

思わず腰に手をやった。テーブルの角に打ち付けてしまったようだ。克也は一瞬焦った表情を浮かべたが、町子の様子から怪我はしていないと高をくくったのだろう。

「悪かった」とだけ言うと、踵《きびす》を返して部屋を出て行った。

翌朝になっても克也は取り付く島もなかった。新聞を読みながら朝食をとると、「夕飯はいらない」と言い残して、どこかへ出かけてしまった。しばらく冷戦が続きそうだ。

食器を洗っていると、スマホに着信があった。朋子からだった。朝起きたら微熱があるので、今日の集まりを欠席したいという。

「具合が悪いわけでもないんだけど、インフルやコロナだったら悪いから」

「お大事にね。実は私もちょっと調子が悪いんだ。恵美さんに連絡して今日は中止にしてもらおうかな」

「あら、風邪？」

「そうじゃなくて……」

ここから先は愚痴になる。遠慮しようと思ったが、朋子は言った。

「何かあった？　電話に出たときの声、別人みたいに暗かったわよ」

町子はスマホを握りしめた。回線越しの声で分かるほど、自分は憔悴《しょうすい》しているのだ。

「よかったら聞くわよ。熱はあるけど元気だし暇だから」

そこまで言ってくれるならと思い、町子は重い口を開いた。

「主人が突然、尊厳死を希望するって言い出したの。回復の見込みがないって分かったら、自分の意思で死を選びたいんですって」

いったん口火を切ると、言葉はするすると出てきた。

「突然そんなことを言い出した理由が分からなくて……。家族の同意が必要だから、一筆書けって言われて困ってるの。せめて理由を聞きたいのに、これ以上話しても無駄だって言われちゃった」

最後のほうは声が震えた。思っていた以上に傷ついているのかもしれない。

「なんだか難しい話だね。新聞記者をやってる息子さんに相談してみた？」

「昨日、電話したけど、話にならなかった」

——尊厳死か。いいんじゃない。お母さんも考えてみたら？

そんなふうに言われてしまったのだ。

「親の介護なんかしたくない。重い病気になったらさっさと死んでほしいって言われているみたいで……」

「それは考えすぎよ」

どうだろう。直樹はともかく、亜紀実の本音はそんなところではないか。でも、それを口に出したら意地悪な姑そのものだ。黙っていると朋子は続けた。

「っていうか、尊厳死ってそういうもの？」

「ざっくり言うと、安楽死と似たようなものだと思うんだけど違うの？」

「ごめん、私もよく分からない。でも、今の話を聞いて思ったの。ご主人や息子さんと話がかみ合わないのは、町子さんが尊厳死がどういうものか正確に理解していないからかもしれないわ」

目から鱗《うろこ》が落ちる思いだった。なるほど、それはあるかもしれない。でも、自分なりにネットで調べてみたのだ。これ以上どうすればいいのだろう。ふいに朋子が明るい声を出した。

「いいこと思いついた。この前話した青島総合病院の先生に相談してみたらどうかしら。初回は千円だし、気さくないい先生なのよ」

気が進まなかった。ビジネスの現場で活躍してきた朋子と自分は違う。医者と対等に話せる気がしない。町子の気持ちを察したかのように朋子が言った。

「若い女性の看護師さんが同席してサポートしてくれるし」

明るくて気配り上手な娘《こ》だと聞いてようやく心が動いた。

「ありがとう。行ってみるわ。ウジウジ一人で考えていてもしようがないものね」

「何かあったら、遠慮なく言ってね」

「うん。朋子さんもお大事に」

通話を終了しながら、ちょっと胸が熱くなった。持つべきものは本音を話せる友だちだ。

3

克也との冷戦状態は三日ほどで解消された。

克也は尊厳死の話はひとまず忘れることにしたようだ。町子も何事もなかったような顔をしている。それで一応の平穏状態は保てているが、いつまたあの話を持ち出すのかと、お互いに警戒しながらの毎日だ。おのずと口数も少なくなり、なんだか息苦しい。克也もそうなのだろう。連日行き先を告げずに外出するようになった。

翌週の水曜、ようやく青島総合病院へ行く日がやってきた。

雑木林の奥にある総合内科の建物は、廃屋と見まがうばかりの外観だった。なのに、玄関前のポーチだけなぜか真新しかった。木の香りすら漂っている。

朋子が言っていた通り、青島倫太郎《りんたろう》は話しやすそうな医師だった。ただし、白衣の下にハーフパンツを穿《は》いているのはいただけない。青島から「ミカちゃん」と呼ばれている看護師は、明るいを通り越して不躾《ぶしつけ》だと思ったが、性格は悪くなさそうだ。

二人は要領を得ない町子の話を、嫌な顔一つせずに聞いてくれた。なんとか話を終えると、青島は大きくうなずいた。

「まずは尊厳死と安楽死の違いから説明するのがよさそうですね」

「すみません、何も知らなくて」

恥じ入りながら言うと、ミカがいたずらっぽく笑った。

「その辺を歩いてる人に聞いてみてください。それぞれの内容と違いを完璧に説明できる人なんて、そうそういませんよ。あたしの知り合いのナースにだって怪しい人がいます」

気が楽になったが、青島は渋い顔をした。

「患者さんにそういうことを言わないの」

ミカをたしなめると、青島は言った。

「隅谷さんがテレビでご覧になった安楽死から説明しましょう」

他に治療法がなく、回復する見込みもない末期患者がいるとする。その人が、耐えがたい苦痛から解放されたいと願って死を望む場合、医師などの第三者が、薬物投与などにより、患者の希望を叶《かな》える。それが安楽死だ。

「オランダ、カナダなど海外のいくつかの国で認められていますが、日本では認められていません。簡単に言うと犯罪です。医師が直接手を下すのではなく、患者に薬物などを渡す行為、自殺幇助《ほうじょ》と呼ぶんですが、それも認められていません」

青島に顔をのぞき込まれた。ここまでは理解できていると伝えるためにうなずいた。

青島は柔らかく微笑《ほほえ》んだ。

「では次に尊厳死にいきましょうか」

克也が希望しているのはこっちだ。しっかり話を聞かなければと思いながら背筋を伸ばすと、青島はゆっくり話し始めた。

これは、回復する見込みがない末期患者に対する行為であり、本人の意思を前提にしている。その二点は、安楽死と共通している。

「ただし、決定的な違いがあります」

尊厳死では、死期を引き延ばすのを止《や》めるのだと青島は言った。

「目的も違います。尊厳死を希望する患者にも苦痛を和らげる措置は取りますが、最大の目的は尊厳を保った状態で死を迎えること」

そこまで聞いて自分が何に引っかかっているのか分かった。尊厳という言葉がピンとこないのだ。質問していいのか迷っていると、ミカが助け船を出してくれた。

「なんでも聞いてください。そのための時間です」

「あの、尊厳って分かるようで分からなくて……」

青島は「なるほど」と言いながらうなずいた。

「普段使わない言葉ですもんね。人間らしく生きる権利を保った状態で死ぬ……って、さらに分かりにくいか」

ミカが再度助け船を出してくれた。

「尊厳死は自然死、平穏死とほぼ同じ意味だって言う人もいますね」

「そう言われたほうが分かりやすいですか」

青島に聞かれ、町子は大きくうなずいた。分かりやすいというより、ようやく腑《ふ》に落ちた。

──自然に死にたい、平穏に死にたい。

それが克也の願いであるなら、「なぜ反対するのか」とむきになるのは当然だ。

青島は続けた。

「では、続けましょう。具体的には、患者は自分の意思で過剰な延命措置を断ります」

「人工呼吸器をはずす、とかですか？」

「はい。延命措置には、点滴や人工的な栄養補給なんかもありますね。ただ、そうした措置は治療のためにも普通に行われます。断るのは、あくまで延命が目的の場合だけです」

判断を下す際、本人が意識不明だったり、意思をはっきり表明できなかったりする場合もある。

「そういう場合に備えてリビング・ウィルを書いておこうという話になるわけです」

リビング・ウィルを書いておけば、患者の意向が反映される可能性は高い。

「ただし、家族の強硬な反対があれば話は別です」

本人と家族の考えが異なる場合、家族の意向を優先したほうがトラブルになりにくいだろうというのは、町子にも察しがついた。

「家族が反対したら尊厳死は不可能とは言いません。でも、現実問題として、家族の理解はあったほうがいいですね」

　これで説明は一通り終わったと言われ、町子は大きく息を吐いた。尊厳死に賛成できるかどうかは、まだ分からない。でも、少なくともどういうものかは理解できた。来てよかったと思いながら頭を下げようとしたところ、青島に遮られた。

「もう少しいいですか?」

　ここから先は自分の個人的な考えだと前置きすると、青島は再び話を始めた。

「僕は今、日本で仕事をしています。患者さんに安楽死を依頼されても断るつもりです。でも、安楽死なんてけしからん、とまでは言いたくありません」

　若い頃、実際に頼まれたことがあると青島は言った。

「回復する可能性はなく、他に治療法もない。そんな患者さんに、苦痛から解放してほしいと涙ながらに訴えられました。かける言葉が見つからなかったし、今も見つかっていません」

　町子はそっとうつむいた。「安楽死は自殺みたいで嫌だ」なんて考えていた自分が恥ずかしかった。当事者や担当医には、他の人には分からない苦しみがあるのだ。

「それともう一つ。チューブや機械につながれたまま意識がない状態の人を尊厳がない、自然ではないとも思いません。チューブがたくさんついてるものだからスパゲッティ症候群なんて揶揄《やゆ》する人もいます。でも、例えば、愛する人が望むのであれば、どんな姿になっても生き続けるのがその人の望みだとしたら、それはそれで人間らしくて尊厳のある行為と言えるのではないでしょうか」

町子ははっとした。ミカも目を見開いている。

さっき質問をした際、青島は自然死や平穏死という言葉を自分から使うのを避けた。それは、今のような考えがあってのことなのだろう。そして……。

町子は膝に載せていたバッグの持ち手を強く握った。

自分が考えていたのは、まさに青島が最後に言ったようなことだ。克也には、どんな姿であっても生きていてほしい。でも、克也は自分が自然だと考える死に方を希望している。夫婦の考えは真っ向から対立しているのだ。

青島は大きく息を吐いた。凝りをほぐすように首を回すと、自分に言い聞かせるように言った。

「正解はないと僕は思います。自分の考えや気持ちを旦那さんに伝えてください。旦那さんにも、本音を話してもらえるといいですね」

「はい……」

すぐに結論は出ないかもしれない。結論を出しても、その後、夫婦どちらかの考えが変わるかもしれない。それでも、話をするしかないのだ。

ここに来るまでは、克也が尊厳死を希望するようになった経緯を知りたかった。でも、それはひとまず脇に置こう。もっと大事なことが他にある。

「何かあったら、またどうぞ。正直、今日のお話だけでうまく伝えられたかどうか自信がないので」

青島が言ったが、町子は首を横に振った。

理想の最期は、初めから決まっているものではない。紆余曲折《うよきょくせつ》を経てたどり着くものだ。それが分かったのが一番の収穫だ。

4

二週間ぶりにコミセンのいつもの部屋に入っていくと、恵美と朋子はすでに来ていた。恵美はビーズ刺繍、朋子はポーチにアップリケを縫い付ける作業を予定しているようで、それぞれが必要な道具をテーブルに並べている。

町子が持っていた紙袋を見て、恵美が歓声を上げた。

「それって中央図書館の近くに最近できたレモンケーキ専門店のでしょ。近所の人が果汁たっぷりで美味しいって言ってたから、気になってたんだ」

「そうらしいわね。昨日、帰り際に青島先生に勧められたの」

青島総合病院は中央図書館と目と鼻の先である。

「青島先生のお墨付きなら絶対に美味しいはず。楽しみだわ」

　朋子が言うと、恵美が首を傾げた。

「青島先生って、例の塩大福の？」

「ええ。昨日、相談があって青島総合病院に行ってきたの」

「あっ、そうなんだ」

　恵美はビーズに糸を通し始めた。朋子もアップリケに使うフェルトをハート形に切断する作業に集中している。気を遣ってくれているのだろう。でも、今日は自分から話したい気分だった。町子はさりげなく切り出した。

「実はちょっと前に主人が尊厳死を希望するって言い出したの。話し合おうとしても喧嘩《けんか》になるばかりだし、尊厳死ってそもそもどういうものかよく分からなかったから、朋子さんに勧められて青島先生に相談してきたの」

　恵美が顔を上げた。

「回復の見込みがない患者が、自分の意思で延命措置を止めてもらうとかそういう話だよね。前にそんな映画を観たことがあるけど、ひょっとしてご主人……」

「病気ではないの。ただの思い付きみたい」

　恵美は「それはよかった」と言うと、再び手を動かし始めた。

「それで先生のお話は、どうだった？」

朋子が聞いた。

「尊厳死は自然死と同じようなものっていう考えがあるって聞いて、なるほどなあって。でも、納得はできていないかな。主人にはどんな状態であっても、生きていてほしいような気がするし」

恵美が何度もうなずいた。

「それ、分かるわあ。そもそも、お医者さんが回復の見込みがないって思っても、その判断が絶対正しいとは限らないよね。可能性が一パーセントでもあるなら、延命措置は続けてほしいな。お義母さんや旦那ならともかく、うちの子がそんな状態になってリビング・ウィルだっけ、それがあるって言われたら、破り捨ててなかったことにしちゃうかも」

朋子は眉をひそめた。

「恵美さん、穏やかじゃないわね」

「分かってる。でも、一秒でも長く子どもと一緒にいたいじゃない」

「それはそうだろうけど……」と言うと、朋子は町子を見た。

「私はいいと思ったわ、尊厳死とリビング・ウィル。実は前々から、気になっていたことがあるの」

自分にはパートナーも子どももいない。親族は熊本の実家を継いだ兄と姪《めい》の二人で、もう何年も会っていない。

「例えば、私が意識不明の重態になったとするでしょ。そうしたら兄と姪に連絡が行くわよね。回復の見込みがないって分かったら、駆けつけてきた二人に『人工呼吸器をはずしますか？』とかお医者さまが聞くことになるんだと思う。でもそれは二人に申し訳ないような気がしてね。自分で事前に意思表示ができるなら、そのほうがいいわ」

「それも分かるわあ。こういう問題って、決まった答えはないのかもしれないわね」

恵美がしみじみとした口調で言ったかと思うと、慌てたような声を出した。

「あっ、いけない。話に夢中になってたら、ビーズの色を間違えちゃった」

布を張った刺繍枠をテーブルに置くと恵美は言った。

「今日はおしゃべりの会にしない？　なんだかいろいろ語りたくなってきた」

朋子も持っていた針を針山に戻した。

「いいわね。青島先生お勧めのレモンケーキも早くいただきたいし」

朋子が真顔で言うのがおかしかった。笑いながら、空いている椅子に置いてあったレモンケーキの紙袋を手に取った。一緒に置いてあったトートバッグから、かすかな振動音が聞こえてくる。スマホに着信があったようだ。バッグからスマホを出して発信者を確認する。克也からだった。今日は朝から畑に出かけていた。

「主人からだわ。ちょっとごめんね」

二人に断ると、壁際に移動して画面をタップした。スマホを耳に近づけると、切迫した声が聞こえてきた。克也ではない。

「隅谷さんの奥さんかい？　農園の樫尾なんだけど旦那のスマホからかけてる」

ロックされているのになぜだろうと思ったが、すぐに思い当たった。緊急連絡先は、ロックされた状態でも表示できるのだ。サイレンのような音が回線の向こうから聞こえてきた。しかも、はっきりと。冷たいものが背中を走った。喉の奥が引き攣《つ》れるようだ。

「落ち着いて聞いてよ。旦那が車にはねられた。青島総合病院に救急車で向かってるところだ。俺がついてるけど、奥さんもすぐに病院に向かって」

まさかという気持ちと、やはりという気持ちが胸の中で交錯する。髪の生え際に冷たい汗が噴き出した。

「あの、はねられたって……」

「隅谷さんに運転してもらってホームセンターに行ったんだ。車を停《と》めて駐車場を歩いていたら……。いや、そんな話は後でいい。とにかく早く」

怒ったような声で言うと、平蔵は電話を切った。

目の前の光景に、霞《かすみ》がかかっているようだ。現実感が急速に薄れていく。町子は、その場にしゃがみこんだ。壁にこめかみを押し付け、肩で息をする。

「町子さん……」

平蔵の声が漏れていたのだろう。蒼白《そうはく》な顔をした恵美が隣にしゃがんでいた。町子のトートバッグを手にしている。朋子の低い声が聞こえた。どこかに電話をかけているようだ。

ふいに恵美の低い声が聞こえた。

「朋子さんが今、タクシーを呼んでくれてる。一緒に病院まで行くよ。とりあえず表で待っていよう。立てる？」

壁に手をついた。それを支えにしながらなんとか立ち上がった。恵美と目が合った瞬間、涙が噴き出した。


それから病院に着くまでの間のことは、朋子が町子のスマホで直樹に連絡をしてくれたこと以外、ほとんど覚えていない。

病院の受付で名乗ると、応接セットが置いてある小さな部屋に案内された。平蔵が小柄な身体をさらに小さくしてぽつんと座っていた。

恵美と朋子に抱えられるようにして部屋に入った。平蔵は町子の顔を見ると、ソファから滑るように降り、カーペットに膝をついた。涙で汚れた顔をカーペットにこすりつけるようにした。

「申し訳ない。俺が隅谷さんを運転手代わりになんかしなければ……」

「主人は？」

「今、CT検査を受けてる。その後、すぐに手術に入るそうだ。後で先生が説明に来るって言ってたけど、開頭手術をするみたいだ」

とりあえず、亡くなってはいないのだ。克也はまだこの世にいる。

安堵《あんど》しかけたが、開頭するのだ。簡単な手術ではないのだろう。

朋子が平蔵のそばにしゃがんだ。腕に手をかけ、ソファに戻るように促す。

「座ってください。町子さんも」

町子は倒れこむようにソファに座った。スプリングが柔らかくて身体が沈み込むようだ。

恵美がペットボトルのお茶を買ってきてくれたが、誰も手をつけようとしなかった。何も話す気になれなかった。息をするのがやっとだ。エアコンの音が、やけに大きく感じられる。沈黙に耐えかねたのか、平蔵がぽつりぽつりと経緯を話し始めた。

作業中、畝の表面を覆うマルチフィルムが足りなくなった。自分は視野の一部が欠ける緑内障が発覚したのを機に免許を返納してしまったので、孫に買いに行ってもらおうとしたが、取引先から入ったクレーム電話の対応に時間がかかりそうだった。そこで、克也に軽トラの運転を頼んだ。ホームセンターの駐車場に車を停め、二人で店に向かっていたときだ。駐車場の入り口から猛スピードで乗用車が入ってきた。よける間もなく、克也ははね飛ばされ、アスファルトに投げ出された。急いで駆け寄ったところ、意識はあるようだった。急いで救急車を呼んだ。到着する頃には、意識が薄れているようだった。加害者は若い男性だったという。

平蔵はソファの座面を拳で強く叩《たた》いた。

「駐車場の中だぞ。あんなスピードを出すなんて普通じゃない。酔ってたのか、薬でもやってたのか……。どっちにしても許せねえ」

大声で言う。恵美が平蔵に改めてお茶を勧めた。

ノックがあり、上下に分かれた白衣を着た男性が入ってきた。血腫を取り除くため開頭手術をするとだけ告げ、あわただしく出て行った。

町子は座ったまま身体を折ると、頭を抱えた。何もかもが嘘であってくれたらどんなにいいか。

「大丈夫、大丈夫」

朋子が低い声で言った。

どれだけそうしていただろう。頭の中はまだ靄《もや》がかかっているようだったが、冷静さは次第に戻りつつあった。

外はそろそろ暗くなり始める。朋子たちや平蔵をいつまでも付き合わせるわけにはいかない。スマホを取り出し、直樹に手術が始まったことを知らせるメッセージを送った。すぐに返事が来た。一時間後に福岡空港を離陸する飛行機で東京に向かうという。あと四時間もすれば、ここに到着するだろう。

軽いノックの音がした。町子の身体が強張《こわば》った。

まだ手術は始まったばかりだ。なのに、知らせが来るなんて。はっきり言って嫌な予感しかしない。

再びノックの音がした。「どうぞ」と朋子が言うと、勢いよくドアが開いた。立っていたのは、克也の姉、美智代《みちよ》だった。直樹が連絡してくれたのだろう。

美智代は化粧けのない蒼白な顔を引き攣らせながら、大股で部屋に入ってきた。

「町子さん、克也は？」

「まだ手術中で……」

これを機に他の人たちには、帰ってもらおう。彼らもそろそろ頃合いだと思っていたようだ。町子の申し出を受け入れた。平蔵が立ち上がりながら声を上げた。

「先生！」

ドアのほうを見ると、白衣の下にハーフパンツを穿いた青島が立っていた。青島と会ったのは昨日なのに、遠い昔のことのような気がした。

手術が終わってしばらくした後、駆けつけてきた直樹と美智代の三人で説明を受けた。

説明に現れた脳神経外科の担当医は、顔も体つきも四角い中年男性だった。淡々とした口調で、脳が腫れていたので開頭して圧力を逃がし、出血でできた血腫を取り除いたと言った。

適切な処置を行ったが、予断を許さない状況だそうだ。事故などで頭を強く打つと、後になって脳が腫れたり、再度出血したりする恐れもあるのだという。

その後、ICUに移された克也を直樹、美智代と三人で、ごく短い時間見舞った。頭部に包帯を巻かれ、マスク式の人工呼吸器を顔に装着されている克也は、別人のように見えた。腕には点滴の針が刺さり、寝具の中からは尿道カテーテルがバッグに向かって伸びている。

スパゲッティ症候群……。

青島の言葉を思い出し、苦しくなった。でも、回復の見込みがないとは、言われていないのだ。大丈夫だと自分に言い聞かせ、直樹と二人で自宅に戻った。

翌日も克也の意識は戻らずICUに留め置かれたままだった。午前中に許された面会は、五分だけだった。克也の様子は、前日とまったく変わっていないように見えた。

担当医は、このまま経過を見ると言って、忙しそうに去っていった。

直樹はその足で博多に戻った。午後にどうしてもはずせない取材があるのだそうだ。翌日の朝一番の便で東京に戻ってくるという。

新聞社とはいえ、人の息子をなんだと思っているのだと腹が立ったが、考えてみればいつまでこの状態が続くのか分からないのだ。克也だったら直樹に戻れと言うはずだと考え、渋々送り出した。

一人で自宅に戻ったら、たまらない気分になった。

尊厳死、リビング・ウィル……。その二つの言葉が頭の中をぐるぐる回る。

あの四角い担当医から「回復の見込みがない末期の状態」と言われてしまったらどうしよう。

克也は尊厳死を希望していた。そのことを町子から医師に伝えたほうがいいのだろうか。しかし、彼の意思を医師が確認する術《すべ》はない。町子自身、決心がつかない。

ＩＣＵに入ったとき、こっそり布団に手を入れて克也の指を触った。温かかった。触れていると安心できた。たとえ横たわっているだけであっても、克也がこの世にいるのといないのとでは、天と地ほども違う。しかし、それは克也の望むところではなかった。克也は自然な死、平穏な死を望んでいる。

大声で叫び出しそうな焦燥感に耐えられなくなり、直樹に電話をかけた。仕事が忙しかったせいもあるのだろう。直樹は「今そんなことを考えるべきではない」と怒ったように言うと電話を切った。

その後も何度かスマホに手を伸ばした。恵美や朋子と話したかったのだ。彼女たちも心配してくれているだろう。ただ、いくら親しくても、いくらいい人であっても、友だちは友だちだ。

こういう話は身内にしかできないと思い、美智代に電話をかけた。克也が尊厳死を希望していると打ち明け、尊厳死がどういうものか説明したところ、美智代は驚愕《きょうがく》し、今の話を医者にしないでくれと言って泣いた。母親の心情を思うと耐えられないそうだ。

町子の説明が稚拙だったのかもしれないが、リビング・ウィルがどんなに大事なものか、思い知らされた気分だった。

絶望的な気分で町子はソファに横たわった。睡眠薬がほしかった。もう何も考えたくない。

そのとき、チャイムが鳴った。誰だろうと思って、室内インターホンの液晶画面を見ると、青島が立っていた。応答ボタンを押すと、青島が生真面目に頭を下げた。

「少しいいでしょうか」

断る理由もなかった。むしろ、話を聞いてほしかった。町子は玄関へと急いだ。

青島をダイニングテーブルに案内し、自分の気持ちを聞いてもらった。最後まで聞き終えると、青島はリビング・ウィルを探してみようと言い出した。

「主人から書いたとは聞いていませんが……」

「町子さんは、同意しないと言っていたわけですよね。だったら、書いたとしても、黙っているのでは？」

リビング・ウィルが保管されているとしたら、どこだろうかと青島は尋ねた。

「書斎か本人の寝室だと思います」

「探してもいいですか？」

克也は整理整頓が得意なほうではない。他人を入れる前に、部屋をざっと片付けたかった。

「私、ちょっと見てきます」と言ったが、青島は腰を上げて言った。

「一緒に探しましょう」

それでようやく理解した。青島はリビング・ウィルが見つかったとしても、町子がそれを隠す可能性があると思っているのだ。

情けなかった。でも、そうしたいと思う人もいるのだろう。冗談半分かもしれないが、恵美もそう言っていた。

「分かりました。では、二階にどうぞ」

町子が言うと、青島は申し訳なさそうな目をしてうなずいた。

「リビング・ウィル」と書かれた封筒は、書斎のデスクの一番上の引き出しに入っていた。民間医療保険の証書を保管してある場所だ。いざというときに確実に見つけてもらいたいと考え、分かりやすい場所に入れたのだろう。

それを見た瞬間、涙があふれた。嬉しいのか悲しいのか分からなかったが、きっとこれでいいのだと自分に言い聞かせながら、青島と一緒に中身を確認した。

青島によると、内容は尊厳死に関わる団体の公式書類に準じているそうだ。町子が同意すれば、克也の望みは叶うはずだという。

涙を拭きながらうなずいていると、青島は封筒にもう一枚紙が入っていると言って、その紙を町子に手渡した。

紙には、一行だけ書かれていた。

——町子へ。あなたの大切な道具の下を見てください。

道具とはミシンのことだろうか。いったい何があるのかと思いながら、自分の寝室へ向かった。ミシンの台の下にしゃがみ、裏をのぞき込む。薄い封筒がテープで貼り付けられていた。

テープは何重にもなっていた。しかも、粘着力がやたらと強い。はがそうと躍起になっていると、大きな足音がした。開け放っていたドアから、青島が顔を出す。興奮したように頬を上気させていた。

「今、病院にいるミカちゃんから連絡がありました。隅谷さんの意識が戻ったそうです」

「えっ？」

立ち上がろうと身体を起こした拍子に、ミシンの台に頭をぶつけた。目の前に火花が散る。でも、そんなことに構ってはいられなかった。

ミシンの下から這《は》い出すと、町子は青島に続いて階段を駆け下りた。

5

「いやー、よかった。本当によかった。俺のほうも、生きた心地がしなかった。申し訳なかった」

平蔵が涙を浮かべて、克也の手を握った。

リクライニングを起こしてベッドに座っている克也は、柔らかく微笑んで首を横に振った。

「事故は平蔵さんのせいじゃないですよ」

「そうは言っても、俺が運転を頼まなければあんなことにはならなかったわけでさ」

「とにかく、もう大丈夫ですから」

意識が戻ってから、克也はみるみるうちに回復した。この病院の処置がよかったのか、克也の運がよかったのか。おそらくその両方だろう。

二日後には一般病室に移ることができた。加害者の両親がぜひそうしてほしいと言うので、一人部屋に入った。事故から二週間経《た》ってからも、手がしびれるなどの症状があり、リハビリを行っているが、経過はいたって良好だ。

平蔵はベッドサイドのパイプ椅子に座ると、町子に笑いかけた。

「それにしても、びっくりしたな。奥さんも青島先生のところに行ってたなんて」

「私こそ、驚きました」

「一番驚いたのは、先生だろうな。旦那の後に女房がやってくるなんて、思ってもみなかっただろうから」

平蔵は身体を揺らしながら、愉快そうに笑った。

まったくだ。青島の胸中を想像すると、申し訳ない気持ちになってしまう。

「看護師のミカちゃんでしたっけ、彼女のポーカーフェイスもたいしたものでした」

「医療関係者は守秘義務があるからね。どっちもプロってことじゃないかな」

克也の言葉に、町子と平蔵は同時にうなずいた。

「ちょっと私、出てきますね」

水野も見舞いに来るそうだ。コンビニで二人の飲み物とちょっとしたお菓子を買ってくるつもりだった。

ノックの音がした。

「どうぞ」と言うと、ドアが開き、水野が顔を出した。雷様みたいな風貌は相変わらずだが、もう杖は使っていない。

「隅谷さん、思ったより、元気そうでよかった」

「おかげさまで。一か月前と同じメンバーが病院に集まるなんてね」

克也が笑いながら言うのを聞きながら、町子は財布を手に病室を出た。

あの日、ミカからの連絡で病院に駆けつけると、克也はICUのベッドで目を開けていた。町子の姿を認めると、何度もうなずいてみせた。こちらの言うことが分かるようだったので、心底安堵した。

その後、担当医の話を聞いた。

経過は順調だし、意識も戻ったので、ひとまず安心していいという。後遺症が多少残る可能性もあるが、それほど大きなものではないだろうとも言われた。明日か明後日《あさって》には一般病室に移れるはずで、その後はゆっくり面会できるという。

天にも昇る心地で直樹と美智代に連絡を入れた。

もう一度克也の顔を見たかったが、ＩＣＵに家族が入るのは、特別な事情がない限り一日一度というのが病院のルールだ。今日は我慢して帰ろうと思ったところで、青島に声をかけられた。そして、廃屋のような総合内科の建物で例のレモンケーキをごちそうになりながら、事の次第を聞いたのだ。

バーベキューの二日後、克也は平蔵の紹介で青島の下を訪れたのだそうだ。

――尊厳死を希望しており、リビング・ウィルを書きたいが、妻が同意してくれない。どうやって説得すればいいか。説得できない場合、どうすれば自分の意思を通せるのか。ただし、妻の気持ちを踏みにじりたくはない。

なかなかの難題である。青島も相当苦心したようだ。

――説得しようとせずに、自分の気持ちを時間をかけてでもしっかり伝えたほうがいい。その際に、相手の考えや気持ちにも、耳を傾けるように。

また、リビング・ウィルを書くなら、第三者に預けるより、分かりやすい場所に保管してはどうか。自分の気持ちや考えをしたためた手紙を併せて用意しておけば、「最後のお願い」として、受け入れてもらえるのではないか。

そんな話を一時間以上かけてしたのだという。

克也は、「参考になりました。書いてみます」と言って帰っていったそうだ。

それを聞いて、やっと腑に落ちた。青島がなぜあの日自宅までやってきたのか。それは、リビング・ウィルが存在する可能性が高いと考えてのことだったのだ。

そして、ミシンの台の裏に貼ってあった封筒は、読まずに破棄するか克也に返すべきだと青島は言った。中に入っているはずの手紙は、意識を失い、意思を伝える手段がない場合に備えて克也がしたためたものだ。克也の意識が戻った以上、読むべきではないという。

なるほどと思ったので、克也の了解を取って破棄することにした。

克也が退院して落ち着いたら、改めて二人で理想の最期について、話し合うつもりだ。今度は、きっと話がかみ合うはずだ。かみ合わなければ、青島に立ち会ってもらってもいいだろう。

買い物をして病室に戻り、ドアをノックしようとしたときだ。

平蔵の声が聞こえた。

「隅谷さん、こう言っちゃなんだけど、それでよかったんだ。あんた、よく彼女を説得したよ。愛の力ってすごいな」

町子は内心首をひねった。平蔵が言っているのは、尊厳死のことだろうか。だとしたら、自分はまだ同意していないのだけれど……。

「愛の力かどうかは分かりません。でも、出会えたのはある意味奇跡だったと思います」

克也がしみじみした口調で言った。何の話か分からずに戸惑っていると、水野の声がした。

「間違いなく奇跡でしょう。昔の恋人にばったり再会するなんて、普通ないですよ」

町子は手に持っていたレジ袋を取り落としそうになった。

昔の恋人に奇跡の再会？　そんな話は聞いてない。愛の力っていったい……。顔が強張っているのが自分でも分かった。

背後から声をかけられた。振り向くと顔も体つきも四角い担当医が立っていた。

「様子を見に来たんですが、入っても構いませんか？」

ドアを指さしながら言う。

「あ、はい。よろしくお願いします。お見舞いに見えている方がいるんですが」

「すぐに終わります。お客さんには部屋の外で待っていてもらいましょう」

町子がドアの前から離れると、担当医は軽くノックしてドアを開けた。

四角い背中越しに中をのぞくと、ベッドの上で身体を起こしている克也と目が合った。次の瞬間、克也の視線は床に向けられた。そして壁へと。例の不穏なV字視線だ。

平蔵と水野は目くばせを送り合っていた。さっきの話が町子の耳に入ったかどうかを気にしているのだろう。無表情を装ったが、町子の胸中に穏やかではなかった。

担当医と入れ替わるように、二人が病室から出てきた。平蔵は微妙な表情を浮かべていたが、水野は笑顔だった。

「お邪魔しました。お元気そうで安心しました」と言いながら、如才なく頭を下げる。平蔵のほうは明らかに動揺していた。何か言いたそうな目をして、水野のほうをチラチラと見ている。

そう言えばバーベキューのときにも、平蔵は「女性と言えば……」と言いかけた。水野が唐突に肉の漬けダレを取り出し、話を逸らしたのだ。水野はともかく、平蔵は事の次第を話すかもしれない。

ドアの閉まる音が聞こえてから、町子は平蔵に向き直った。

「さっき中で話していた彼女っていうのは？」

平蔵は視線を床に落とした。水野が巻き毛の頭に手をやりながら、口を挟んでくる。

「そんな話は特に……」

この状況で言い逃れができると思っているのか。それはさすがに無理だと分かってもらわねば。

言葉を継ごうとしたところ、平蔵がため息をついた。視線を上げ、小さな声で言う。

「聞こえちゃったんだね、奥さん」

「ええ」

平蔵は水野を見上げた。

「言っただろ？　水野さんも隅谷さんも甘いんだよ。こういう話は絶対にバレる。下手に隠さないほうがいいんだ」

平蔵は町子が持っているレジ袋を指さした。

「奥さん、飲み物を買ってきてくれたんだよね。エレベーターの前に談話スペースがあったじゃない。それをいただきながら、あそこで話そうか」

水野はバツの悪そうな顔をしたが、さすがにごまかすのは無理だと思ったのだろう。先に立って歩き始めた。


丸テーブルを囲む椅子に腰を落ち着け、町子が配ったペットボトルのキャップを取ると、平蔵は話し始めた。

「彼女っていうのは、隅谷さんの昔の恋人なんだ。水野さんの見舞いに来たとき、病室を出たらバッタリ……」

水野が食い気味に補足する。

「でも昔も昔、半世紀ぐらい前の話だそうですよ」

相手は中学時代の同級生で、中学を卒業したタイミングで交際を始め、大学在学中に彼女が海外留学したのを機に別れた。克也はそう言っていたそうだ。こんな話は初耳だった。

町子は、記憶を手繰った。

克也が高校を卒業するまで、一家は隣接する市に住んでいたと聞いている。克也は公立中学出身だから、その女性の実家も同じ市内にあったはずだ。実家の場所が変わっていなければ、この病院に来る機会はあるだろう。例えば、親が入院しているとか。

奇跡だなんて、大げさな。克也の舞い上がりぶりが目に浮かぶようで面白くない。

「平蔵さんがおっしゃってた、愛の力っていうのは？」

平蔵は顔をしかめながら、自分の後頭部を叩いた。

「失言ってやつだよ。撤回させて。とにかく奥さんが心配するようなことは何もないんだ。隅谷さんは昔の恋人と偶然会って、お互いの近況を語り合った。それだけの話だ。俺が保証する」

いやいや、そうはいかない。愛の力が具体的にどういうことなのか語ってもらわない限り、胸のモヤモヤは晴れそうにない。

それまで黙っていた水野が口を開いた。

「中途半端な説明では、奥さんがますます不安になります。この際、ぶっちゃけましょうよ」

「いやしかし、隅谷さんが」

「今さら隠しても意味がないでしょ」と言うと、水野は町子に向き直った。

「その女性は、膵臓《すいぞう》がんに冒されていました。末期だったそうです。車椅子で病院の廊下を移動中に出会うなんて、彼女にとっても隅谷さんにとっても奇跡でした」

町子ははっとした。水野は過去形で語っている……。

水野がうなずいた。

「数日前に神奈川県のホスピスで静かに息を引き取ったそうです。弟さんから隅谷さんのスマホにメッセージが入ったって」

町子の胸の中で渦を巻いていた感情が、すっと引いていった。

克也と同級生ならその女性も六十七歳だ。あまりに若すぎる。

水野は低い声で続けた。

その女性は大学を卒業した後、留学先だったオランダに戻り、現地の男性と結婚して、ずっとかの地で暮らしていた。一年前、夫が亡くなった。子どもがいなかったこともあり、帰国して弟が跡を取っている実家の近くに部屋を借りた。実家には年老いた母親が暮らしていたからだ。

ところが半年ほど前、彼女自身ががんに冒されていることが発覚する。青島総合病院で抗がん剤治療を受けたがうまくいかず、他に治療法はないと言われた。

平蔵はお茶を飲むと、小さくうなずき、水野から話を引き取った。

「再会した日、隅谷さんは彼女の病室でずいぶん長く話し込んだみたいだよ。彼女、オランダに戻って安楽死をしたいと願っていたそうなんだ。だけど、弟さんたちが反対してて……。そりゃそうだよな。向こうに身寄りもないのに無茶だよ」

克也は彼女に日本で最期を過ごすように勧めたそうだ。「できるだけ見舞いに行く」と言うと、彼女はふっと笑い、ホスピスに移って静かに逝きたい、尊厳死を希望すると言い出したという。

その女性の心中を思うと、町子は胸がいっぱいになった。

でも、町子としては複雑だ。克也が唐突に尊厳死と言い出したのは、どう考えても彼女の影響だろう。道理で理由を言いたくなかったわけだ。

「愛の力ってのは、色恋がどうのこうのじゃない。人間としての愛っていう意味で……」

そうかもしれない。でも、「なーんだ、そうでしたか」とは思えない。

それでも不思議と嫉妬の気持ちは湧いてこなかった。克也らしいと思ったのだ。克也は真面目だ。昔の恋人が迫りくる死を前に苦悩していたら、とことん向き合うだろう。逆に言えば、町子の目を気にして、彼女を突き放すような冷たい人間でなくてよかった。

それに、ミシンの台の裏に貼ってあった封筒の中身を実はこっそり読んでいたのだ。

——あなたと長い時間を過ごせて幸せでした。誰よりも優しくて誰よりも僕を理解してくれているあなたなら、僕の最期の望みを叶えてくれると信じています。

人生の最期に思いを馳《は》せながら克也が書いてくれた手紙の言葉を自分は信じる。

平蔵と水野を見送ると、町子は病室の前に戻ってドアをノックした。

「私です」

「あっ、はい」

裏返ったような声で克也が答えた。

アメリカから来た親子

砂川陽一《すながわよういち》は、座ったまま大きく伸びをした。教授室の窓から見える空が茜色《あかねいろ》に染まっている。

今朝搬入されたハイグレードのオフィスチェアは、ネットの口コミ以上に座り心地がよかった。三時間以上座りっぱなしだったのに、腰が痛くなっていない。来週学会で使うプレゼン資料が七割方仕上がったのは、この椅子のおかげだ。妻に内緒で医学雑誌の原稿料をコツコツ貯《た》めた自分を褒めてやりたい。

陽一が所属する東都《とうと》大学附属病院アレルギーセンターは、二年前に新設された部署だ。皮膚科、呼吸器内科、小児科などアレルギー疾患に関係する五つの診療科が連携してアレルギー外来の運営に当たっている。教授という肩書を持ってはいるが、陽一は部署のトップではなく五つの診療科の調整役だ。しかもまだ四十代半ばである。経費で高価なオフィスチェアを買えるような身分ではなかった。

メールチェックを済ませると、PCの電源を落として帰り支度を始めた。今日は春分の日で救急以外の外来は休診だ。アレルギーセンターの研究室には若い医局員が何人か来ているようだが、顔を出さずに帰るつもりだった。学会に向けて休日返上で実験している彼らの邪魔をしたくなかった。それに今朝、妻にワーカホリックだと非難されたばかりだ。休日ぐらい夕食を家族とともにしたほうがいい。

サンダルをスニーカーに履き替えていると、首から下げた院内PHSの端末が鳴り始めた。画面を確認する。発信元は救急外来だ。通話ボタンを押して端末を耳に押し当てる。かけてきたのは顔見知りのベテランナースだった。

「あっ、先生。いらっしゃってよかった」

「どうしました？」

「さっき四歳の子どもさんがアナフィラキシーで救急搬送されてきたんです」

蕎麦《そば》アレルギーの可能性が高そうだという。全身に蕁麻疹《じんましん》が出ており、呼吸が苦しそうで意識も低下していた。酸素投与をした上でアドレナリンを筋肉注射したところ、症状は治まった。

「経過観察のために小児病棟に入院してもらったんですが……」

当直の小児科医の名を聞き、内心ため息をついた。若くて気弱なその男性医師は内分泌疾患が専門だ。アナフィラキシーの患者を診た経験が乏しいのだろう。しかし、安易に手を貸すのは考えものだった。緊急事態なら話は別だが、経過観察で入院する患者の対応に腰が引けていては、医師など務まらない。端的に言えば、甘えすぎなのだ。断ろうとしたが、ナースは続けた。

「日系アメリカ人のお子さんなんです」

カリフォルニア州のオークランドから先週来日したという。サンフランシスコ湾の東岸にある街だ。

「お母さんは二世だそうで日常会話は日本語OKですが、病状説明に英語を希望しています」

意思疎通がうまくいかないせいか、母親はナーバスになっているとナースは付け加えた。

医療通訳を予約なしで確保するのは難しい。ましてや今日は祝日だ。電話通訳でもすぐにつかまるかどうか。留学経験があり、英語を不自由なく話す陽一のサポートが必要と考えたのは、当直医ではなくナースかもしれない。

「分かりました。僕が説明しましょう」

「そう言ってくださると思っていました」

通話を終了すると、妻の不満そうな顔が脳裏をよぎった。


小児病棟の四人部屋の入り口から顔をのぞかせると、電子カルテ用のタブレットを手にした小児科の当直医が廊下に出てきた。申し訳なさそうに頭を下げる。

「お休み中に申し訳ありません」

「それより患者さんは?」

タブレットを受け取り、電子カルテにざっと目を通す。

患児の名はジョニー・カシマ。母親の名前はメイだ。救急搬送された経緯、救急外来で行った処置などをチェックすると、陽一は病室に入った。

ジョニーはマッシュルームカットがかわいらしい男の子だった。母親のメイともども東洋的な顔立ちだ。酸素マスクと点滴が煩わしいようで、しきりにむずかっていた。ベッドの端に腰かけ、ジョニーをなだめようとしているメイに声をかけた。

「こんにちは。ドクターの砂川です。アレルギーの専門医です」

メイが顔を上げた。濃いアイラインで縁どられた目で陽一を凝視すると、嚙《か》みつくような口調で言った。

「入院だなんて、この子はそんなに悪いのですか？」

まずは診察したいと言うと、メイはさっと立ち上がり、陽一のために場所を空けた。救急外来での処置が適切だったこともあり、ジョニーの症状は治まっていた。皮膚に赤みは残っているが脈拍、呼吸、血圧ともに問題はない。

「発作は治まっています。過剰な心配は必要ありません」

「ではなぜ入院を？」

「アナフィラキシー、すなわちアレルギーの発作を起こした患者さんは、発症から二十四時間は症状が悪化したり、ぶり返したりする恐れがあるんです。入院は念のための措置だと考えてください」

メイは、目を見張ったまま言った。

「救急外来のドクターに、原因は蕎麦だろうと言われました。それは事実ですか？」

ジョニーがふいに甲高い声を上げた。カーテンで仕切られた隣のベッドから年配の女性の咳《せき》ばらいが聞こえた。

陽一は小声で言った。

「まずはジョニーを休ませましょう。彼が眠ったら、ナースを通じて僕に連絡してください。それまで別の仕事をしているので、急ぐ必要はありません。できれば、僕の部屋に来てもらえるとありがたいな」

メイはうなずいた。

「分かりました。その前にもう一つ質問です。今夜私もここに泊まっても構いませんか？」

「もちろんです。ナースに僕から言っておきましょう」

メイは、ようやく安心したように息を吐くと、「感謝します」と言った。口調も表情もずいぶん柔らかくなっている。異国で子どもが病に倒れ、不安でいっぱいだったのだろう。サポートに入ったのは正解だったと思いながら陽一は病室を出た。

教授室に戻ると、メイを待ちながら、資料作りの続きを進めた。およそ四十分後に教授室のドアがノックされた。

「どうぞ入ってください」

英語で声をかけると、メイが入ってきた。パンツスタイルのセットアップを着て、かっちりとした型のバッグを持っている。さっきは上着を脱いでいたので気づかなかったが、仕事先から駆けつけてきたようだ。

入り口を入ってすぐの丸テーブルに着くように彼女に言うと、自分はデスクからオフィスチェアを持ってきた。それに腰かけながら尋ねる。

「ジョニーはどうですか？」

「よく寝ています。顔色もすっかりよくなって安心しました」

「念のために再度経緯を聞かせてください」

メイはうなずくと説明を始めた。

先週、仕事のために来日した。都内のホテルに母子で宿泊しているが、日中は元麻《もとあざ》布《ぶ》にあるメイの母方の祖母宅にジョニーを預けている。祖母と同居している叔母が、ジョニーの面倒を見てくれているそうだ。

叔母は今日の夕方、近所の蕎麦店にジョニーを連れて行った。食事を始めて二十分ほど後、ジョニーの全身に発疹が生じ、呼吸が苦しそうな様子を見せた。叔母はオロオロするばかりだったが、蕎麦アレルギーを疑った店主が救急車を手配してくれた。

「商談が終わってタクシーで移動している最中に、叔母から連絡をもらって病院に駆けつけたんです」

その頃までに症状は落ち着いていたという。

「ジョニーが蕎麦を口にしたのは今回が初めてですか？」

「その通りです。蕎麦を出す店に連れて行ったことはないし、蕎麦粉を使ったお菓子、例えばガレットなんかも、食べさせたことはありません。最近、小麦アレルギーの人向けに蕎麦粉を使ったピザなんかもあるようだけど、そういうものもまったく」

海外では蕎麦アレルギーについて、ほとんど知られていないはずなのに、知識が豊富なのに驚いた。

「詳しいんですね」と言うと、メイは微笑《ほほえ》んだ。

「フレンチレストランで働いていたことがあるんです。もっと気軽な食べ物を出したくて、今はジェラートの店を経営していますが。それにしても、まさか息子が蕎麦アレルギーだなんて、思ってもみなかったわ。それで今後についてですが……」

陽一はうなずいた。

状況から考えて蕎麦アレルギーで間違いなさそうだが、検査で原因を特定したほうがいい。アレルギーがあると分かったら、蕎麦はもちろん、お菓子や加工食品の原材料にも注意が必要だ。専門店ではなくても、蕎麦を提供している飲食店も念のために避けたほうがいいかもしれない。蕎麦と同じお湯でうどんなどを茹《ゆ》でている場合がある。

「この病院で検査を受けることはできますか？」

可能である。ただ、アレルギー専門医が小児科の外来を担当するのは水曜日だけだ。待ち時間もかなり長い。

「小児アレルギーの外来がある他の医療機関を紹介しましょうか。急を要する検査ではないので、時間がなければ帰国してから検査をしてもいいと思います」

メイはスマホをバッグから取り出して、カレンダーアプリをチェックし始めた。やがてメイは顔を上げ、他の医療機関を紹介してほしいと言った。

「どうにかして時間を作ります。蕎麦アレルギーに詳しいドクターがアメリカで簡単に見つかるとは思えないので。診察は日本語で構いません。旅行保険に医療通訳のサービスが含まれています。平日なら、手配できると思います」

「分かりました。では、紹介状を用意しましょう。明日、退院手続きの際に受け取ってください」

メイは感じのいい笑みを浮かべると謝意を述べた。

初対面のときにはややきつい印象を受けた。慣れない異国でアクシデントに見舞われた上、言葉の壁にぶつかって気が動転していたのだろう。本来の彼女は有能なビジネスパーソンであり、強くて優しい母親なのだ。

バッグを手にして立ち上がりかけたメイが、突然動きを止めた。中腰で目を大きく見開いている。

「どうしました？」

返事はなかったが、何がメイの気を引いたのかは明白だった。メイは壁のコルクボードに留めた写真のうちの一枚を凝視していた。陽一が四年ほど前に出場した院内テニス大会のダブルスで優勝したときの写真だ。ペアを組んだ後輩と二人で優勝カップを掲げている。

「……この人の名前は？」

メイは後輩を指で示した。

「青島倫太郎《あおしまりんたろう》です。学生時代、テニスサークルで一緒だったんです。わりと仲がよくてね。ひょっとして知り合いですか？」

そうであってもさほど不思議ではなかった。その後輩は東都大学医学部を中退して、サンフランシスコ周辺のベイエリアと呼ばれる地域の大学に留学した。同地域のメディカルスクールで医師免許を取得し、その後長く現地で働いていた。

「彼は今ここで働いているのですか？」

「いえ」

青島が東都大学第一内科の准教授だったのは、米国から帰国した五年前から二年の間だけだ。

「その後、父親が経営している病院に移りました」

「跡を継いだのですか？」

「いいえ。半年ぐらい前かな。近くに用があったので、寄ってみたら……」

青島は、建て直したばかりの立派な病院にはいなかった。病院の敷地内にある古い平屋で、医療のよろず相談のようなことをやっていると言っていた。病院の正式なスタッフでもないようだ。

そう言うと、メイは何度も首を横に振った。

「信じられないわ。まさかあの人が……」

砂川はうなずいた。

アメリカにいる頃の青島は、超がつくエリートだった。ベイエリアの有名な医療センターで内科医として数年勤務した後、同地域の私立大学医学部に移り、肝臓がんの研究に取り組み始めた。その数年後、再生医療を利用した新しい治療法を開発し脚光を浴びる。国際内科学会の理事にも抜擢《ばってき》された。

陽一は六年前、アメリカ出張のついでに青島の研究室を見学させてもらった。日本では考えられないほど、恵まれた環境だった。本人もさらなる飛躍に向けてやる気満々だった。野心を隠そうともしないので、思わず鼻白んでしまったぐらいだ。

だからその翌年、帰国したと青島から連絡があったとき、理由を聞いて困惑した。実家の病院が代替わりするので、手伝うのだという。そんな理由であのスーパーキャリアを捨てるなんて、信じられなかった。何か事情がありそうだったが、青島は何も語らなかった。

彼が帰国したことを学内にいる共通の知人に話したところ、それが医学部長の耳にも入った。中退したとはいえ、青島は東都大医学部きっての出世頭である。医学部長は早速青島に連絡を取り、一年でも二年でもいいからと口説き、空席だった第一内科の准教授に彼を迎えたのだ。

青島が着任し、学内で顔を合わせたときには驚いた。アメリカで会ったときとは、別人のように覇気がなかったのだ。野心に燃えていた目は静かな光をたたえ、口数も少なくなっていた。帰国の本当の理由は、やはり別にあるのだろうと砂川は思った。

ただ、実家の病院に移ってからは、落ちついたようだ。半年ほど前に会ったとき、青島は昔の快活さを取り戻していた。とはいえ、アメリカにいた頃の彼とは、やはり別人だった。

「なんと、ハーフパンツを穿《は》いてるんですよ。昼休みにサッカーでもやってて、着替えるのが面倒なのかなと思ったんだけど……」

聞いてみたら、青島は「違う、違う」と言って笑い、「これはある人の形見のようなものだ」と言った。最初は抵抗があったが、思い切って穿いてみたところ、脚を出すのがあまりに快適だったので、様々なブランドのハーフパンツを買って穿くようになったのだとか。

「まったく、変わった男ですよ」と言いながら、陽一はハッとした。自分としては笑い話のつもりだった。なのに、メイは宙を見つめ、深刻な表情を浮かべていたのだ。アイラインに縁どられた目が異様に大きく見える。

「もちろん、考えがあってのことだとは思います。それに、彼自身は、今の自分の仕事をとても気に入っているようだった。帰国直後と比べて、ずいぶん明るくなっていた。友人として嬉《うれ》しく思います」

メイは硬い表情のままうなずいた。

「その病院の名前を教えてください」

会いに行くのだろうかと思いながら陽一は後悔した。二人の関係がどんなものか定かではないのに、しゃべりすぎてしまったかもしれない。

「ええっと、あなたと青島は……」

メイは一瞬目を逸《そ》らしたが、やがてうなずき、静かに微笑んだ。

「リン、いえ、ドクター・アオシマと私は付き合っていました。別れてもう六年になりますが」

やはりそうだったのか。だとしたら、何のために今さら会いに行くのだろう。陽一の疑問を察したのか、メイは自ら説明を始めた。

「彼、ハーフパンツが、ある人の形見のようなものだと言っていたそうですね。ある人というのは、私の兄かもしれない。会ってそれを確かめたいんです。それだけ」

そう言うと、メイはいたずらっぽく笑った。

「難しいのなら、結構です。自分で調べられると思うので。経営者の名が青島という病院は、東京に何軒もないでしょう」

その通りだろう。陽一は観念した。

メイは冷静で聡明《そうめい》な女性に見える。四歳の子どもまでいるのだ。二人の間に何があったかは知らないが、今さら青島に恨み言を言うつもりもないだろう。

「青島総合病院です。東京都の西のほうの多摩《たま》と呼ばれる地域にあります」

「ありがとう」

メイは微笑むと、青島と過ごした時間を思い起こすような遠い目をした。思い出をたどっているようでもあり、苦さを嚙み締めているようでもあった。

＊　＊　＊

1

定時の午後七時ちょうどに、メイ・カシマは「メイズジェラート」の看板の電気を消した。

今年に入って初めて最高気温が華氏七十度（摂氏約二十一度）を超えた。そのせいか、今日は忙しかった。今後、さらに忙しくなるはずだ。来週から学校は夏休みに入るし、サンフランシスコ湾岸にあるオークランドは、今時分から十月までが観光に最適なシーズンだ。ダウンタウンの端っこの大通り沿いにあるメイの店にも観光客が増える。

店の入り口に鍵をかけ、アルバイトの販売スタッフを帰宅させると、メイは店の奥にある工房に移動した。冷蔵庫、冷凍庫、戸棚の扉を順番に開け、材料の在庫を確認していく。

生乳は近郊の牧場から定期的に配送してもらっている。イチゴ、ブルーベリーなどのフルーツは、青果市場に自ら出向いて仕入れていた。それ以外の材料、グラニュー糖、チョコレート、バニラエッセンスなどは、必要に応じて決まった店からネットで買っていた。常時十種類の商品を提供しているので、必要な材料は多岐にわたる。リストをチェックしながら在庫を確認すると、ノートPCを開いて、いくつかの材料を発注した。

一番人気のチョコバニラ味の仕込みを済ませると、工房と販売スペースの掃除に取り掛かった。全ての作業を終えて店を出る頃には、夜の十時を回っていた。

販売以外の仕事を一人でこなしていると、どうしてもこの時間になってしまう。朝も早いので、身体《からだ》は正直きつい。大きな儲《もう》けにもならない。それでも、独立してよかったと思う。自分が美味《おい》しいと思うものを作り、いろんな人に食べてもらう。そういう仕事が、自分には向いている。

消灯して工房にある裏口から外に出ようとドアを開けたときだ。長身痩軀《そうく》の男がぬっと目の前に現れた。

メイは小さく飛び上がった。驚きと後悔が同時に押し寄せる。女一人でこんな時間まで作業をしている店は珍しい。目をつけられていたのだ。

思い切りドアを引こうとしたが、金髪の髪を後ろで一つにまとめたその男は、「おっと」と言いながら、ドアを表から引いた。細身とはいえ、男の力にかなうわけがない。

「誰か！」

叫んだがかすれた声しか出なかった。息を詰めて後ずさりをすると、男がバッの悪そうな表情を浮かべた。指で払いながら言う。

「違う。怪しい者じゃない。あなた、ケニーの妹だよね」

突然兄の名前を出されて戸惑った。

ケニーはデザイナーだ。サンフランシスコを拠点とするアパレルブランドを展開している。何年も顔を合わせていないが、彼の仕事が順調なのはマスコミを通じて知っている。

「あなたは？」

「ジェフ・ラルセン。ケニーと一緒に働いてる。前にケニーから妹がこのあたりに店を出したって聞いた」

スマホで検索したところ、近隣にジェラート店は他になかったという。

「仕事を邪魔したくなかったから店の電気が消えるのを待って裏のほうに回った。そうしたら、ちょうどドアが……。驚かせてすまない」

信用していいものか迷っていると、男は言った。

「ケニーの事務所のウェブサイトをチェックして。スタッフ欄に僕の経歴と写真も出てる」

早速、スマホを出して検索した。肩書はＣＦＯ（最高財務責任者）。序列はケニーに次いで二番目だ。実質的な経営トップだろう。

「確認しました。メイ・カシマと言います。兄が何か？」

「こんなことを伝えなければならないのは残念だ」と前置きをするとジェフは言った。

「ケニーは胃がんだ。両親の家で療養していると本人は言ってる。ただ、まともな医療を受けているとは思えなくて」

ケニーは四十一歳になったばかりだ。がんになるなんて信じられない。しかし、両親の家で療養していると聞き、ジェフが訪ねてきた理由は想像がついた。メイの両親、特に父親は昔から極端な食事療法を二人の子どもたちに強制し、現代医療にも強い不信感を持っている。それが嫌でメイは家族と没交渉になっているのだ。

「中へどうぞ」

メイが勧めたスツールに腰を下ろすと、ジェフは静かな口調で説明を始めた。

今年初めにケニーが事務所で倒れた。しばらく休みをとっても回復する様子がなかった。ベイエリア有数の医療センターに無理やり連れて行ったところ、胃がんが発覚した。担当した医師は、手術で切除できそうだが、取り残しがないように、手術前に化学療法を併用する治療方針を提案した。

「ケニーは乗り気じゃなかった」

このところブランドの評価も人気もやや下がり気味だ。現状を打開すべく、ケニーは来年の秋、従来のイメージを塗り替える大胆な作品を発表する予定だ。その準備で大事な時期なのに、入院や手術に時間は取れないという。

「じゃあどうするんだって聞いたら、働きながら食事療法で治すって……。ケニーは五年ほど前から、当時付き合ってたモデルの影響でマクロビオティックスにはまってる」

知っている。それがケニーとも疎遠になった原因だ。当時メイが働いていたフレンチレストランに二人でやってきて、何を出しても文句を言うものだから怒ったところ、逆切れされ、他の客の面前で無知呼ばわりされた。

ジェフは言葉を選ぶように続けた。

「マクロビは健康にいいんだろう。でも、ケニーはちょっと極端だった。そもそもマクロビは病気を治すものではないよね」

事務所スタッフ一同で説得したところ、ケニーは渋々入院に同意し、化学療法を開始した。ところが、ある日、ケニーは入院先から勝手に抜け出し、戻ってこなかった。

「主治医の方針に納得できないから、別の病院に行くって。なのに、一向にその気配はない。問い質《ただ》したら、両親の家で療養しながら、仕事を進めているって言うんだ。でも……」

ケニーの右腕的存在の若い女性デザイナーによると、彼の仕事が進んでいる様子はなかった。たまにリモート会議で画面越しに見せる姿が、どんどん痩せていくのも心配だという。

ケニーは治療に乗り気ではなかった。極端なマクロビにも傾倒していた。そんな彼に父親は、食事療法の素晴らしさを改めて吹き込み、現代医療への不信感を植え付けたのだろう。

「知らせてくれてありがとう。何ができるか考えてみるわ。私のパートナーのドクターにも力になってもらえると思う」

パートナーはこの州にある世界でも有数の大学医学部で肝臓がんの研究をしている。附属病院にも顔が利くはずだと言うと、ジェフの顔にホッとしたような表情が浮かんだ。

彼の名は、リンタロー・アオシマ。自分はリンと呼んでいる。元々はこの店の常連だ。

――スイーツ店巡りをしたいので、一緒にどうですか。

親しくなってしばらく後にそんなふうに誘われて二人で出かけるようになった。彼のスイーツにかける情熱はメイを驚かせ、やがて交際に発展した。二人でアパートを借りる話を今、進めている。

ジェフが言った。

「適切な医療を受けてぜひとも回復してもらいたいんだ。ケニーがいなければ、事務所は立ち行かないし、彼は僕の大切な友人でもある。来年秋には無理でも、いつか素晴らしいデザインを世に送り出してくれると信じてる」

「ありがとう。私もそう祈ってる」

いつの間にか、午後十一時を過ぎていた。


オークランドからシリコンバレーの中核都市、サンノゼまでは直線距離で四十マイル（約六十五キロ）ほどである。サンフランシスコ湾東岸に沿って走るフリーウェーが渋滞していなければ、一時間弱ほどで着く。

メイはワゴン車のハンドルを握っているリンに声をかけた。

「アパートを見に行く予定だったのにごめんなさい」

「それどころじゃないだろ。お兄さんの身体のほうが大事だ」

「うん。いろいろ手配してもらって感謝してる」

ジェフから聞いた話をしたところ、リンは早速附属病院の胃がん専門医と連絡を取り、ケニーがすぐに入院して治療を継続できるよう、手配をしてくれた。

リンに任せておけば安心だ。彼は自信に満ちており、自信を裏付ける能力もある。

「それにしても意外だな。君の両親が極端な食事療法に傾倒していて、しかも現代医療を否定しているなんて」

「なかなか大変だったわよ」

物心ついた頃から、食卓にはいつも玄米と豆、そして大量の野菜が並んでいた。肉や魚はたまに食べさせてもらえたが、ファストフードやジャンクフードは厳禁。精製された小麦粉や白砂糖は毒だと言い聞かされて幼少期を過ごした。薬の類も化学物質だから毒だと言われ、具合が悪くても医者に連れて行ってもらえなかった。

「お父さんはITエンジニアだって言ってたよね」

「そう。もうリタイアしてるけど」

父はいわゆる天才肌だった。日本の国立大学を卒業した後、渡米して博士号を得るとシリコンバレーに本社を置くIT企業に就職した。グリーンカードも取得し、日本にいた頃に学生結婚をしていた母を日本から呼び寄せた。

「そんな優秀な人が、なぜ現代医療を否定するに至ったんだろう」

「私も不思議だった。きっかけがあるのかもと思って母に聞いてみたことがあるんだけど」

パパは優秀な人だから、言うことを聞いていれば間違いない。そう繰り返すばかりだった。母は父に意見できる人ではなかった。元々内向的な性格の上、言葉が通じず知り合いもいないアメリカで、父以外に頼る人がいなかったから、そうなったのだろう。

「ふーん。でもまあ、陰謀論にはまる学者って珍しくないみたいだよ。自分の専門については天才的なのに、それ以外については世間知らずというか、頓珍漢な人が僕の知り合いにもいる」

本人には自分は優秀だという自覚がある。周りが何を言っても聞く耳を持たないから、誰も何も言わなくなるそうだ。

「父もたぶんそのタイプね。ああ、でも、そういえば一度だけ、日本に住んでる母方の祖父に意見されて大喧嘩《おおげんか》になったことがある」

彼らがアメリカに遊びに来たとき、父は自分が考案した食事療法と医者いらずの健康法について自慢気に語った。祖父は、「極端すぎる」と憤り、言い争いになった。祖父の剣幕は大変なものだったし、祖母と母がそろって大泣きしたものだから、父も多少は折れざるを得なかったようだ。学校の健診とワクチンだけは受けられるようになったが、それ以外は何も変わらなかった。

「子どもとしては、たまったものじゃなかった」

自分の家庭が変わっていると気づいたのは、小学校に上がってからだ。友だちにもらったスナック菓子やアイスクリームは、この世のものとは思えないほど美味だった。具合が悪いとき、他の子たちは、薬を飲ませてもらったり、医療機関に連れて行ってもらったりすることも知った。

そのうち親に内緒で友だちにおやつを分けてもらうようになった。本や文房具が必要だと言って親からもらったお金をごまかして、お菓子を買ったりもした。ハイスクールでアルバイトを始めたのを機に、ファストフード店やコーヒーショップにも出入りするようになった。

父に毎日のように叱責されていたが、行動を改める気はなかった。極端な食事を強制し、具合が悪くても病院に行かせない両親のほうが非常識だと思った。奨学金を得て「食のスタンフォード」と呼ばれる、世界でもトップクラスの料理大学に進んで家を出てからは、ほとんど会っていない。たまに、母に近況を電話で連絡するぐらいだ。

「ケニーも私と似たようなものだったんだけどね」

交際していたモデルの影響で極端なマクロビに傾倒したのを機にメイと疎遠になり、両親と和解したのだ。モデルと別れてからも、両親との関係は続いているようだった。

前方にフリーウェーを降りる出口の標識が見えてきた。

「次で降りて最初の信号を左にお願い」

「オッケー。ケニーから連絡は？」

「まだないわ」

ケニーには今朝、知り合いのドクターと二人で会いに行くとメッセージを入れた。

両親と顔を合わせたくないので、体調に問題がないようならば、家の近くでピックアップすると書いて送ったのだが……。

「ってことは、ご両親の家に突撃するしかないんだな。緊張するな」

まったくそんな素振りを見せずに、リンはウインカーを出した。

実家は、広々とした庭付き戸建てが規則正しく並ぶ住宅街にあった。たいていの庭には青々とした芝生が敷き詰められており、住人あるいは彼らが雇ったガーデナーたちが手塩にかけた庭木が空間を立体的に飾っている。一軒家と見まがうばかりの立派なガレージを備えている家も珍しくなかったし、一ブロックに一軒ぐらいは裏庭にプールがある。セレブと呼ばれる人たちが住む地域ほどではないが、全体的に余裕があり、明るいながらも落ち着いた雰囲気だ。

車道の両脇には街路樹が並んでいた。青々とした葉が日差しを浴びて輝いている。ところどころに路上駐車をしている車が見受けられたが、道幅が広いので交通の妨げにはなっていない。

実家を出て、学生向けの安アパートに入居したときには、自由を手に入れた喜びでいっぱいで、生活レベルが下がったことなど気にも留めなかった。今も、店に近いからという理由で、狭くて古いアパート暮らしだが、それをみじめだと感じたことはない。

とはいえ、およそ十五年ぶりに帰って来てみると、自分だいたい恵まれた環境で育ったかが分かる。

裕福な暮らしを支えていたのは父だった。しかし、子ども時代の自分は苦労の連続だった。親の才能や経済力は、子の幸福とは直結しないのだ。沿道に並ぶ立派な家だって、中に一歩入れば、どんな親子がどんな思いで暮らしているかは分からない。

前庭に半円形のアプローチがある平屋が見えてきた。レンガ風の壁材も真っ白な窓枠も、家を出た頃のままだ。歩道との境にある木のフェンスだけは最近作り替えたようだ。製材したてのような淡い色合いの木が、緑の芝生に映えていた。

母屋の向かって左にある屋根付きの駐車スペースには、車が二台停《と》まっていた。奥にあるテスラはたぶんケニーの愛車だ。もう一台は両親の車だろうから、少なくとも二人のうちどちらかは家にいる。

車の音に気づいたのだろう。玄関脇にあるリビングルームのカーテンが揺れた。できれば母であってほしいと思いながら、リンに言って車をアプローチに乗り入れてもらった。

車から降りて助手席のドアを閉めるのと同時に、玄関のドアが開いた。

ドアを後ろ手で閉めながら出てきた父は、別人のようだった。元々小柄だったのが、年のせいか背丈がさらに縮んだようだ。膝でも痛いのか、杖《つえ》を突いている。十五年前、まだ勤めていた頃はこざっぱりと刈り込んでいた髪は、長く伸ばして後ろで束ねていた。昔と変わらないのは、猜疑心《さいぎしん》の強そうな細い目と、への字に結んだ唇ぐらいだ。

「久しぶりだな」

にこりともせずに父は言った。

「ケニーはどうしてる？　胃がんだって聞いたわ。彼と話がしたいの」

「寝たばかりなんだ。休息が何よりの薬だ。起こしたくない」

「そうだね……」

父は二人を家に招じ入れるつもりはないようだ。ならばしかたないと思って、リンを紹介しようとしたが、その前に父が言った。

「その人がドクターか。ケニーから聞いてる」

父はリンの正面に歩み寄り、彼の顔を不躾《ぶしつけ》に見上げた。

「君は日本人なのか？」

「はい。青島倫太郎と言います」

リンは所属先の名を告げた。世界的に有名な大学の医学部である。父も当然その大学を知っていたのだろう。驚いたように少し眉を上げた。

「ケニーと話をさせてください。休息も大事ですが、適切な治療を受けることはさらに重要です」

父は肩をすくめた。

「ケニーにドクターの助けはいらない。こっちに戻ってきてから食事を徹底的に管理するようにしたんだ。そうしたら免疫力が上がって顔色がずいぶん良くなった。あと一か月もすれば仕事に復帰できる。本人もそのつもりだ。来年秋の新作の準備があるそうだ」

リンは首を横に振った。

「がんは、食事では治りません。適切な治療が必要です。附属病院のベッドを確保しました。すぐに移ったほうがいい。まずは検査を受けて、改めて治療方針を……」

父は苛立《いらだ》ったように、アプローチの縁石を杖で叩《たた》いた。

「適切な治療？　入院したってそんなものが受けられるわけがない。実際、ケニーは抗がん剤で体調が悪くなったそうだ」

「副作用があるのは事実です。でも、弊害以上に効果が見込めるから、薬として認められています」

父が粘りつくような視線をリンに向けた。

「本気でそう信じているのか？　だとしたらおめでたい人間だな。医薬品会社は儲かれば人の命なんてどうでもいいんだ」

メイは心の中でため息をついた。退職して他人との関わりが少なくなり、父はますます偏屈かつ近視眼的になっているようだ。

「カシマさん、合理的な判断をお願いします。あなたの偏見はケニーの命を危うくしかねない」

リンが語気を強めると、父が薄ら笑いを浮かべた。

「なるほど、君はあっち側の人間か。医薬品会社から研究費をたんまりもらっているんだな。恥を知れ」

「あなたこそ、自分の無知を反省すべきだ」

メイはたまらず二人の間に割って入った。

「止《や》めてよ。それよりケニーに会わせて。せっかく来たんだから、ママにも……」

父がメイに向き直った。

「よくそんなことが言えるな。お前はうちの食事をバカにして、ジャンクフードを貪り食ってたんだぞ。今だって胸が悪くなるような甘いアイスクリームを売ってるそうじゃないか」

反論しても無駄だと思って黙っていると、父は表情を和らげた。

「ケニーも道を誤った。でも、考えを改めてくれたんだ。ウチの子は、ケニー一人だ」

メイの頭の中にしんとしたものが広がる。胸が痛かった。

自らの意志で距離を置いた親に突き放されるのが辛《つら》いたんて我ながら矛盾している。それでも母と話がしたかった。母も同じように考えているのだろうか……。

「帰ってくれ」

父が杖で縁石をコツコツと叩きながら言った。リンがメイの背中に手を当てた。

「ひとまず引き揚げよう。この人に正攻法は通用しない」

耳元でささやかれ、メイはうなずいた。別れの挨拶ぐらいはしようと思ったが、父は無言のまま、踵《きびす》を返した。

助手席のドアを開けて、車に乗り込もうとしたときだ。視線を感じて顔を上げた。リビングルームのカーテンが少し開いていた。顔を出しているのは、ケニーだ。頬のあたりがげっそりしているのが遠目にも分かった。

メイの視線に気づいたのだろう。ケニーはカーテンを素早く閉じた。

久しぶりに雨になった。午後になっても気温が上がってこない。病院の外にいると肌寒かった。

厚い雲に覆われた空を見上げながら、メイはため息をついた。

このところ仕込みが遅れがちだった。注意散漫にもなっているようで、今朝、仕込みの最中にチョコレートが足りないことに気づいた。一番人気のチョコバニラは欠品とするほかなかった。悪天候とのダブルパンチで、店の売り上げは惨憺《さんたん》たるものになるだろう。

小さな店とはいっても、家賃、光熱費、そして販売スタッフの給料はそれなりにかかる。近づいている月末の支払いについて考えると憂鬱だ。

スマホで時刻を確認した。そろそろ着く頃だなと思っていると、病院のエントランスに紺色のワゴン車が横づけされた。運転席から浅黒い肌の若い女性が緊張した面持ちで出てくる。ケニーの下で働いている若手デザイナー、スーだ。生き馬の目を抜くようと言われる業界には不似合いな小柄でかわいらしい女性だった。

スーはメイに向かって、小さくうなずいた。

後部座席のドアが開き、ジェフが顔を出した。長身をかがめるようにして外に出てくると、車の中に声をかけた。

「ケニー、降りて」

車の中から不機嫌そうな声が聞こえた。

「病院に行くなんて聞いてない。オフィスに向かってくれ。スポンサーと顔合わせがあるんだろ？」

「その前に病院だ。ケニー、あなたは適切な治療を受ける必要がある」

「いや、その前にスポンサーだ」

ジェフがメイを振り返った。端整な顔に、苦悩するような表情が浮かんでいる。

——来年の秋、日本で開催される著名なコレクションへの出展オファーがあった。スポンサーがたまたまサンフランシスコに来ており面会を希望している。

ジェフを通じてケニーにはそう伝えた。両親の家から連れ出すための方便だ。計画を考えたのはリンだった。

ケニーの事務所を訪れ、ジェフに協力を求めたが、ジェフは最初は断った。嘘《うそ》をつくのはフェアではないという。

しかし、スー自他のスタッフは賛成した。綺麗《きれい》ごとを言っていてはケニーの命も事務所も危ない。ジェフも最終的には計画に同意した。しかし、今でも迷いがあるのだろう。

ジェフの考えはもっともだ。誠実な人だとも思う。でも、頑迷な思い込みに囚《とら》われている人間を短期間で翻意させる方法は他にないのだ。リンがそう言っていた。

ジェフの視線を避けるようにしながら、メイはワゴン車に近づいた。ジェフに場所を代わってもらい、車の中をのぞき込む。

運転席の後ろの一人掛けシートに座っているケニーは、大きく倒した背もたれに身体を預け、目を閉じていた。身体が泳ぐような大きなシャツを着ている。彼がデザインする服は、ジャストサイズで着るように作られている。シャツが大きいのではなく、彼が痩せたのだ。

「ケニー、お願い」

ケニーが目を開けた。白目が黄色っぽいのは、病状が進行しているからだろうか。メイと目が合うと、ケニーの痩せこけた顔が大きく歪《ゆが》んだ。

「これはメイが仕組んだことなのか。それとも、パパが言ってた傲慢なドクターのさしがね？」

「傲慢なんかじゃない。ケニーのためを思って動いてくれてるの。私はケニーに治療を受けてもらいたい」

「化学療法も手術も嫌だ。そんな時間はないし」

「食事でがんは治らない。パパとママは非常識なのよ。あの人たちの言うことは忘れて」

「でも……」

「ケニー、現実を見るのよ。このままでは良くならないって自分でも分かってるでしょ。治療を受けて身体を治して、来年秋に勝負をかけて」

ケニーは唇を嚙んでうつむいた。

あと一息だ。ケニーは、ジェフらの強い勧めがあったとはいえ、いったんは前の病院で担当医の提案を受け入れている。両親ほど現代医療に対して否定的ではないはずだ。

ケニーの肩から力が抜けるのが分かった。細く長いため息をつくと、顔を上げて尋ねた。

「一つだけ教えて。オファーがあったのは本当？　それとも、僕をパパとママの家から連れ出すための嘘？」

完全な作り話だ。でもそれをケニーに知られるわけにはいかない。

メイは慎重に口を開いた。

「スポンサーが来ているっていう話は嘘。それを口実にしてここに連れてきた。でも、オファーがあったのは本当。近いうちにこっちに来るから、その時に会いたいんだって。そうよね？」

ジェフを振り返った。ジェフは唇をぐいと横に引いて笑みを作った。

「もちろんだ。素晴らしいチャンスが巡ってきた。僕も興奮してる。ケニー、あなたがさっさと治療を受けて復帰してくれないと困るんだ」

それまで黙っていたスーも口を開いた。

「この前、ラフなデザイン画を送ってくれたでしょ。コンセプトは分かったけど、私だけで仕上げるのは無理。ボスの力が必要なの。治療を受けて」

ケニーはようやく表情を和らげると、そっとうなずき、メイの顔を見た。

「分かった。治療を受ける。いろいろ面倒をかけて申し訳なかったね」

背後に人が寄ってくる気配を感じた。

振り返ると、空の車椅子を押したナースを従えたリンが立っていた。自信に満ちた彼の目を見ながら、メイは心の中でリンに伝えた。

――うまくやれたわ。

リンは目だけで微笑んだ。


しかし、その後ケニーが仕事に復帰する日は来なかった。治療を中断している間に、がんが全身に転移して、手術が不可能になっていたのだ。

化学療法が試みられたものの、効果はほとんどなかった。

夏の暑い日、両親が見守る中、ケニーは病室で息を引き取った。病室のドア越しに聞こえてくる悲鳴で、メイは兄の死を知った。

2

ケニーの葬儀の翌日、四日ぶりに工房に入った。結局、一週間ほど店を休んでしまった。販売ケースにも冷凍庫にも、商品のストックはほとんどない。一から作り直しだ。

サンノゼにある日本式の寺院で行われた葬儀にさえ、メイは参列を許してもらえなかった。ジェフから日取りと式次第を教えてもらい、空に向かって手を合わせた。

何もかもがむなしかったが、日々の暮らしは続いていく。前に進むしかないのだ。古くなってしまった生乳をシンクに廃棄していると、作業台の端に放り出してあったスマホに着信があった。手を拭いて画面をチェックすると、思いがけないことに父だった。

画面をタップして通話を始める。

「今どこにいる?」

「お店だけど」

「今から、アオシマのところに行く」

「パパが? どういうこと?」

ケニーの死の責任を取らせるのだと父は言った。

「お前も来い。附属病院の前だ。あの男の本性を目の前で暴いてやる」

父はそれだけ言うと、電話を切った。

唖然《あぜん》としながら、作業台の近くにあるスツールに腰を下ろした。父の意図がまったく読めなかったのだ。しかし、そんなことをしている場合ではないとすぐに気づく。

リンに電話をかけてみたが、勤務中で出られないようだ。メッセージを送ると、店を閉めて駐車場へ走り、自分のコンパクトカーに乗り込んだ。リンの勤務先の大学までは、車で一時間ほどの距離だったが、途方もなく長く感じられた。

スマホをハンズフリー通話に設定して、自宅に連絡を入れてみた。自宅には母がいた。母は父がリンの職場に向かっていることを知らなかった。メイの話が理解できないようでもあった。ケニーの死のショックもまだあるのだろう。か細い声で、分からない、と繰り返すばかりだった。

車を駐車場に停め、附属病院の入り口へ向かった。特に普段と変わりはないようだ。父はここに来ているのだろうか。来ているとしたら、何をするつもりなのだろう。周囲を注意深く見回していると、柱の陰に父の姿があった。やはり父は来ていたのだ。今日は杖は持っていない。大きく膨らんだ布の袋を肩にかけ、小柄な身体を精一杯伸ばすようにして、あたりを睥睨《へいげい》している。

「パパ！」

声をかけると、父がメイを見た。軽く手を上げると、笑みを浮かべ、袋から何かを取り出した。拡声器だ。父はそれを口の前に構えると、大声を上げた。

「みんな聞いてくれ！」

その場にいた人たちが、いっせいに動きを止めた。次の瞬間、四方八方へと走り出す。こういうご時世だ。テロではないかと警戒しているのだろう。

父は、彼らを安心させるためか、ゆっくりとした口調で話を始めた。

――私はこの大学に在籍する医者の非道を訴えるためにここに来ました。その医者は、息子を騙《だま》して病院に連れ込んだ。そればかりか、効きもしない抗がん剤治療を強要したんです。そのせいで息子は死んだ。

逃げようとしていた人の何人かが足を止めた。スマホを出して動画を撮影し始める人もいる。父は彼らの顔をぐるりと見回すと続けた。

――その医者の名は、リンタロー・アオシマ。

父は拡声器を持っていない手を振り上げ、エントランスの自動ドアのあたりを指さした。

「あの男だ!」

メイは息を呑《の》んだ。父の指の先にはリンがいた。顔を引き攣《つ》らせながら呆然《ぼうぜん》と立ち尽くしている。

父は声をさらに張り上げた。

「あの男は人殺しも同然だ。医学部長は出てこい。病院長も出てこい。事実が究明され、あの男がしかるべき処分を受けるまで、私はこの場を離れない」

気持ちは分かるが、あまりにも非常識だ。父を止めなければと思うのに、身体が動かなかった。顔は火が出そうなほど熱いのに、首から下は冷たかった。全身の震えが止まらない。

騒ぎを聞きつけたのだろう。制服を着た警備員が二人現れた。

屈強な体つきの彼らと揉《も》み合いになっても、父は怯《ひる》まなかった。小さな身体を丸めるようにして彼らの腕を振り払いながら、壊れたCDプレーヤーのように、自分の主張を繰り返し続ける。

その様子には鬼気迫るものがあった。

やがて警察官がやってきて、父を連行していった。父の姿が視界から消えると、魔法が解けたように強張《こわば》っていた身体から力が抜けた。メイはリンがいるほうに向かって歩き出した。

リンは傍らにいる刑事らしき男と話していた。リンの表情は強張っていたが、口調は淡々としていた。

「お騒がせしました。でも、僕に非があるわけじゃない。現代医療を否定されては、どうにもなりません」

その通りなのだろう。でも、素直にうなずけなかった。

父は現代医療を否定する理不尽な人間だ。考えを改めさせるのは、不可能かもしれない。

でも、そんなふうに突き放して終わりでは、あまりに冷たすぎないか。父は息子を失った悲しい老人だ。そして、メイにとっては父だった。叩き潰さなければならない敵とまでは言えない。リンにとっては、違うのだろうか。父のような人間は敵であり、唾棄すべき存在なのだろうか。

その時、リンと目が合った。メイはリンに声をかけずにその場を去った。

駐車場に戻り、車に乗り込むと、この後のことを考えた。父はおそらく事情聴取を受ける。そして家族に連絡がいくだろう。

母が心配だったので、その足でサンノゼの家に行くことにした。

母と二人で警察からの連絡を待っていたところ、夜になって本人が一人で帰ってきた。父は何も語らなかったが、後でリンに聞いたところによると、大学や病院に実害があったとまでは言えず、犯罪性もないと判断され、無罪放免となったようだ。

とはいえ、憔悴《しょうすい》しきっている両親が心配だった。二人が元気になるまで、自分もこの家で暮らそうかと提案してみたのだが、母はともかく父はメイを許す気はないようで、冷たく拒絶された。

その夜、アパートに戻り、冷凍庫にあった材料で簡単な食事を作って一人で食べたとき、明日から日常が戻ってくるのだと自分に言い聞かせた。とにもかくにも店の経営を立て直さなければならない。

しかし、翌日以降も、一件落着とはいかなかった。

騒動があった日の深夜、現場にいた野次馬がスマホで撮影した動画が、ネットで拡散されたのだ。地元紙やケーブルテレビがそれをニュースとして取り上げた。小柄な老人が鬼気迫る形相で、息子の死の真相究明を訴える様子は衝撃的だった。

大学側は、それ以上事を大きくしたくなかったようだ。問題の動画の削除依頼を動画サイトに出しただけで、後は沈黙を貫いた。

秋風が吹き始めた頃、リンから久しぶりに連絡があった。

「東海岸の大学に移るので、ついてきてほしい」と言われたのだ。死亡した患者の父が起こした騒動と、その後のスキャンダル報道を嫌った上司の勧めだそうだ。実質的な左遷だろう。

メイとしては、申し訳なく思った。自分がケニーのことを頼まなければ、こんな事態にはならなかったのだ。

しかし、リンはあっけらかんとしていた。上司にネチネチと嫌みを言われながら過ごすより、新天地でのびのび働きたいという。移籍する大学の格も、今いる大学と同レベルだそうだ。

少し迷ったが、メイはリンの提案を受け入れた。

ジェラート店の経営は、メイが集中できていないこともあり、どうにもならないほど悪化していた。両親はメイと和解する気はないようだった。ならば、新しい土地で新しい生活をするのも悪くないように思えたのだ。

母にだけは報告しようと思い、オークランドを離れる一週間前、メイは母に電話をかけた。リンと結婚して東海岸に移り住むと言うと、母はしばらく絶句していた。そして、出発前にケニーの位牌《いはい》と遺骨にお参りをしていってくれないかと言った。どちらも現在サンノゼの家にあるのだという。遺骨のほうは、年末に日本に持っていき、鹿島《かしま》家の墓所に納めるのだとか。

遺骨はともかく、位牌がどういうものか分からなかった。尋ねてみたところ、仏壇に納める墓のレプリカのようなものだそうだ。そういえば両親の寝室のチェストには、日本的な装飾が施された箱があった。

訪問するのは、父が毎週通っている高齢者向けの水泳教室の日と決めて電話を切った。

仏壇は記憶にあるものよりずいぶん小さかった。扉を左右に開いて使うものだと初めて知った。

白い布に包まれたケニーの遺骨と位牌は、仏壇の隣に安置してあった。その脇には、庭で摘んだと思われる花を生けた花器と香炉、そして額に入った写真が飾ってあった。

母に促され、香炉に線香を立てた。鐘のような仏具をリン棒と呼ぶ棒で叩くと、澄んだ音がした。

遺骨と位牌に手を合わせて首を垂《こうべ》れる。自然と涙がにじんだ。

自分としては最善を尽くしたつもりだ。でも、本当にあれでよかったのかどうか。

目を開けると、疲れた顔をした母が言った。

「ありがとう。ケニーもきっと喜んでる。あなたたち、小さい頃は仲がよかったものね。向こうに行っても身体だけは大切にね」

「ママもね」

視線を交わしながら、お互い苦笑いを浮かべた。

身体を大切にする……。その意味するところは、母と自分とではまったく違うはずだ。でも、この期に及んでその話を持ち出さなくてもいい。

それはそうと、さっきから気になっていた。仏壇の中に、位牌がもう一つ入っているのだ。

父方の祖父母とは、メイが生まれる前から疎遠だった。母方の祖父は数年前に亡くなったが、父が祖父の位牌をこの家に置くことを許すとは思えない。いったい誰のものなのだろうか。

「ママ、あれは誰の位牌?」

尋ねると、母は、はっとしたように目を逸らした。言い訳を考えるように視線を動かしていたが、ため息をついた。

「二歳で亡くなった二人目の子ども。アンっていう名前だった」

予想もしない答えにショックを受けた。自分に姉がいたなんて初耳だった——。

亡くなった原因が分からなかったのが辛かったと母は言った。

「お骨を日本に持って帰ったとき、元麻布のおじいちゃんにお父さんが責められてね」

メイが子どもの頃、祖母と二人でアメリカに遊びに来た祖父だ。

祖父は父をこう言って責めたそうだ。

——アメリカの食べ物は添加物がたっぷりだから、孫が原因不明の病気にかかるんだ。医者も日本と比べて質が悪いし、薬も危険なものが多い。娘を強引にアメリカに連れて行ったから、孫が死ぬ羽目になった。娘をお前みたいな学者バカに任せるんじゃなかった。

「私も、添加物については気になってたの。お肉には有害なホルモン剤とかが入っているっていう人もいるし。でも、どうしていいか分からなくて、こっちに戻ってきてからノイローゼみたいになっちゃってね。そうしたら、パパがいろいろ研究してくれたのよ。自分が考えたルールさえ守れば大丈夫だって言うから、信じることにしたの。厳しすぎると思うこともあった。でも、パパは頭がいい人だから、任せておけば安心だと思ったの」

　そう言うと、母は悲しそうな顔をした。

「でも、それが正しかったのかどうか、分からなくなってきた」

　祖父の葬儀の際、久しぶりに帰国して祖母や叔母と会った母は、メイが自分たちを裏切ってジェラート店を開いたことを嘆いた。すると、二人にたしなめられたそうだ。

「あなたたちには申し訳ないことをしたかもしれないわね」

　今さらそんなことを言われても、どう反応していいのか分からない。

　メイは唇を噛んだ。

　それはそうと……知らなかった。極端すぎるルールがそんな経緯で設定されていたなんて。それが正しかったかどうかは別だが、父は母を守りたかったのだ。子どもたちの健康も。

　それでも父を許す気にはなれなかった。父は技術者として優秀だ。自信家でもあるから、自分が正しいと信じていたのだろう。それは、母や子どもたちのためを思っての行動でもあった。

　でも、それは父の驕《おご》りだ。父には、自分を客観視する謙虚さが欠けていた。そんな父に引きずられてしまった母を気の毒だとは思うが、母も弱すぎる。

そのとき、はっとした。

自信家で自分が正しいと信じている男と、モヤモヤとしたものを心に抱えながら、その男に従おうとしている女。

それはそのまま自分とリンに当てはまるのではないだろうか。

母はケニーの位牌を手に取り、愛《いと》おしそうに指で撫《な》で始めた。そんな母を見ながら思った。

このままリンについていってはいけない。その前に自分が抱いている違和感を彼の前で口にするべきだ。たとえ、それで二人の関係が壊れるとしても。

＊　＊　＊

青島総合病院までは、都心から電車とバスを乗り継いで一時間ちょっとの距離だった。このあたりまで来ると、東京といっても、都心部というより郊外だ。

雑木林の中の遊歩道を歩いていると、まるで公園にでも来ているようだった。カリフォルニアと比べて湿度が高いせいか、空気がしっとりとしており、土のにおいが強くした。

アナフィラキシーからすっかり回復したジョニーが、メイの顔を見上げた。

「ママ、どこに行くの?」

「さっきも言ったでしょ。ママの昔の友だちのところ」

ジョニーを祖母と叔母に預けてこようかとも思ったが、二人に今回は遠慮してほしいと言われた。

ジョニーを連れて来日するので会いたいと言うと、もろ手を挙げて歓迎してくれ、日中ジョニーを預かると言って聞かなかったのだが、アナフィラキシーの発作とその後の入院騒ぎで、ほとほと懲りたようだ。

祖母と叔母には、祖父の心無い言葉が、両親を深く傷つけ、非常識な行動に走らせたのだとは伝えていない。いずれ伝えるべきなのかもしれない。しかし、どういう言葉を使えばいいのか、まだ分からなかった。

とりあえず、ジョニーを連れてきてよかった。ここは本当に気持ちがいい。

それに、昔話をしたいだけではなかった。リンには相談したいことがあった。実はずっと悩んでいたことがあるのだ。ジョニーを連れて行ったほうが、自分の置かれた状況を理解してもらいやすい気がする。

大きなカーブを曲がると、アメリカ中部の田舎でよく見かけるような平屋が目に入った。ずいぶん古い建物のようだが、ポーチだけは真新しい。ドクター・スナガワが言っていたのは、この建物で間違いないだろう。

ウェブサイトで調べたところ、総合内科の診療時間は午後五時までだそうだ。

メイはポーチの下で足を止めた。あと一時間ほどある。それまで、どこで時間を潰そうか。遊歩道をただぶらぶらと歩くだけでも、気持ちよさそうではあるが……。

そのとき、突然ドアが開いた。オレンジ色の上下の服を着た若い女性が出てきたかと思うと、メイたちを見て満面の笑みを浮かべ、ポーチに立ったまま手招きをした。

「相談にいらした方ですね。さあ、中へどうぞ」

「いえ、あの……」

日本語で説明したほうがよさそうだが、うまくできるだろうか。言葉を探していると、女性は手に持っていた手提げを振り動かした。

「予約がなくても大丈夫です。先生が暇を持て余しているので、コンビニで甘いものでも買ってこようかと思ってたところです」

建物の中から、笑いを含んだ声が聞こえた。

「ミカちゃん、そういう言い方はよしなさい。まるでうちが流行《はや》ってないみたいじゃないか」

メイの胸の奥からこみ上げるものがあった。あれはリンの声だ。でも、昔と声色が全然違う……。

ジョニーの手をぎゅっと握り、ドアのあたりを見つめていると、白衣を着た男が現れた。白衣の下から、裸の脛《すね》がにょっきり出ている。

リンは気さくな笑みを浮かべると言った。

「さあ、どうぞ」

メイは顔を上げた。二人の目が合うのと同時に、リンが大きく眉を上げた。

「えっと……」

信じられないというように目を見張る。ため息をつくと額に手を当て、英語でつぶやいた。

「驚いたな。まさか、ここで会えるなんて。アメリカから？」

メイはうなずいた。

「仕事で来日してるの。ある人からあなたがここで働いているって聞いたものだから」

「そうなんだね。とにかく、入ってよ」

リンはミカという女性に向き直った。

「アメリカにいた頃の知り合いなんだ。六年ぶりかな……。ゆっくり話したいから、今日の診療は終わりにするよ」

ミカは笑顔でうなずくと、メイに言った。

「お話をしている間、お子さんをみていましょうか？　私、英語をほとんどしゃべれないから、林の中を探検するぐらいしかできないけど」

ジョニーにどうするか尋ねてみた。ジョニーはミカとメイの顔を見比べていたかと思うと、恥ずかしそうにうなずいた。

ミカは軽やかな足取りで階段を駆け下りてきた。

「ジョニーって言うんです。よろしくお願いします」

ミカはジョニーの手を取ったかと思うと、驚いたような声を上げた。

「ジョニーくんのズボン、先生とおそろいじゃないですか？」

「そう？」と言いながら、リンが白衣の前をあけた。

サッカーパンツのようなデザインに見える。でも、サッカー用ではない。メイは息を呑んだ。それは、ケニーが最後にデザインした、彼のブランドのアイコンともいわれるショート丈のドレスパンツだった。

壁に沿ってL字形に作りつけられた待合室のベンチに腰を下ろす。リンとは斜めに向かい合う格好になった。真正面から向かい合うより話しやすい。

リンは穏やかな目をして言った。

「子どもができたんだね。おめでとう。君に似てるね」

「ありがとう。父親はリンも知ってる人」

「ジェフかな。目元がすっきりしているところは彼とそっくりだ」

正解だ。ジェラート店を立て直すために、銀行から資金を借り入れる必要があった。相談に乗ってもらっているうちに、自然と付き合うようになった。

「結婚はしなかったけど、今もビジネスパートナーとして頼りにしてる。もちろん、ジョニーの父親としてもね」

ジェフの両親が日系人を結婚相手として認めようとしなかったのだ。しかし、そこまでリンに話す必要はない。

「日本にはどうして?」

「東京にも店を出そうと思って。その調査で来たの」

ジェフの勧めでサンフランシスコとサンノゼに二つ目、三つ目の店を出し、従業員も雇い入れた。どの店舗も順調に売り上げを伸ばした。テレビや雑誌で話題になったこともあり、ベンチャーキャピタルからまとまった資金を得ることに成功したのだ。それを元手に郊外に工房を作り、販売店に配送する仕組みを作った。直営店は現在、州内に十三ある。

「すごいな。でも、当然と言えば当然か。メイのジェラートは本当に美味しい。それにしても、僕がここにいるってよく分かったね」

「ジョニーが蕎麦アレルギーになったのよ。東都大学附属病院に運び込まれて……」

「ああ、なるほど。砂川先生に聞いたんだね」

「会いに来るつもりはなかったんだけど、治療でも研究でもなく、医療相談をやっているって聞いて……」

その理由が気になった。

東海岸行きとプロポーズを断ったとき、心を鬼にして言ったのだ。

——あなたはたぶん正しい。でも、正しいだけの人は、他人を幸せにはできない。医者とはそもそもどういう仕事なのか。病気を治すのはもちろん大事だ。新しい治療法の開発も必要だろう。でも、それだけでは足りない。一人一人の人間に事情や背景がある。あなたはそれに目を向けようとしない。正しさや自分の価値観を押し付けるだけ。あなたは傲慢で怠慢だ。

今思うと、言いすぎた。言葉もきつすぎた。リンは激怒し、メイの前から去っていった。その後彼から連絡はなかったし、消息を知る手立てもなかった。

「なんで今の仕事を?」

リンは複雑な表情を浮かべると、パンツの裾をつまんだ。

「東海岸に移ってしばらくしてから、たまたま見かけた記事で、ケニーのこのパンツについて知ったんだ」

ジョニーにも穿かせているそのパンツは、ケニーの下で働いていたスーが、ケニーが遺《のこ》したデザイン画を元に完成させたものだ。ファッション業界では評判を呼び、セレブの間でも今や定番アイテムとなっている。

しかし、ブランドを継いだスーはファッション誌のインタビューで悩みを告白していたという。「自分は果たしてケニーの意図を正確に理解できているのか、不安でしようがない」と。

「その記事を読んだとき、思った。君の両親の食事療法への傾倒や現代医療を否定する態度は間違っていると思うし、ケニーはきちんとした治療を受けるべきだったと思う。でも……」

自分はケニーともっと話すべきだった。そうしたら、このパンツを世に送り出すメドをつけるまでの間、延命する方法を探れたかもしれない。喧嘩腰にならず、両親の話をじっくり聞けば、落としどころが見えてきていたかもしれない。

「それをせずに、自分の価値観をケニーや君の両親に押し付けた僕は、君も言っていたように傲慢で怠慢だった。それに気づいたとき、何もかも嫌になったんだ。その後父に請われるまま、日本に帰ってきた。そして、新しい病院が完成するまで、東都大学で世話になることにしたんだ」

日本の医師免許を取得し、日常の業務を繰り返しているうち、これから自分が何をなすべきが見えてきたとリンは言った。

「今の医療に足りないピースを埋めたいと思ってる」

メイはうなずいた。今やっている医療相談がそれなのだろう。

「まだ挑戦は始まったばかりだ。うまくいくかどうかも分からない。病院を継いだ弟は大反対だしね。でも、世の中には理解してくれる人もいる。そういう人たちの助けを借りてる。患者さんたちに教えられることもたくさんあって、毎日が新鮮で楽しいよ」

温かいものがメイの胸に満ちてきた。がむしゃらに頂点を目指していたリンはもういない。でも、今の彼のほうが尊敬できる。

リンは明るい顔で笑うと続けた。

「自分に合う服も分かった。脚を空気にさらすのは気持ちがいいね。しかも、服装で人にレッテルを貼りたがる面倒な人を周りから排除できる。ケニーの狙いも実はそこにあったりして」

「まさか」

ケニーは評価の高いデザイナーだった。そこまでシンプルな発想でデザインしたとは思えない。でもリンの言葉は素直に心に届いた。

そして、ケニーのパンツは、今のリンによく似合っていた。それがメイには嬉しかった。

解説

夏川草介

ここ数年、病気が絶えない。

私事で恐縮だが、めまい症や不眠症はまだ良いとして、虚血性腸炎、手足口病、頭部の帯状疱疹《ほうしん》に肺炎、はては腹膜炎で入院も経験した。各科の医師たちによれば、ことごとく過労が原因だという話だが、それは本題ではない。私自身、もう二十年以上、内科医として臨床に立っている身だが、ここに至ってにわかに患者の立場を経験する機会が増えたという話である。

見慣れたはずの医療現場であっても、座る場所が医師の立派な肘掛け椅子から患者の丸椅子に変わるだけで、ずいぶんと見える景色は変わる。端的に言って、医師が忙しそうに見える。偉そうに見える。不機嫌に見える。疲れているように見える。総合すると、ゆっくりと話を聞いてくれそうな雰囲気の医師に、ほとんど出会わないということである。あまり無責任なことを書くと、そのまま自分の診療に返ってきて墓穴を掘るだけだから、これくらいにしておくが、患者目線で見る医師はひどく遠い存在で、病院とはずいぶん息苦しい場所なのだと改めて認識した。

もちろん私にも矜持《きょうじ》がある。かかる実情を経験した以上、余裕と笑顔に満ちた大らかな医師たらんと決意を新たに現場に出るのだが、たちまち膨大な業務の前に矜持も決意も吹き飛んで、気が付けば自分自身が、忙しそうで、偉そうで、不機嫌で、疲れた医師になっているという次第である。おそらく私個人に限った話ではないだろう。社会の高齢化に伴って患者は確実に増加している中、同意書を始めとする無数の書類作成、自己研鑽《けんさん》から労務管理、病院経営に至るまで、現場にいる医師の多くは、終わりの見えない業務に忙殺されて、患者ひとりひとりと向き合う余裕をなくしているのである。

本書の主人公である内科医、青島倫太郎《あおしまりんたろう》は、そんな殺伐たる医療現場に一石を投じようと、自分の診療所を開いた医師である。専門科を標榜《ひょうぼう》せず総合内科の看板をかかげ、診療を医療相談と呼び、森の中の荒《あば》ら屋でゆったりと患者を迎え入れる。描かれる景色がいくらか現実離れしていても、なお物語に引き込まれるのは、そこに多くの人が必要としているひとつの医療の形があるからだろう。現場の一内科医としては、患者ひとりひとりにたっぷりと時間が使え、専属の看護師がつき、採算も度外視できる職場環境には、うらやましさと妬ましさと腹立たしさが込み上げてくるのだが、それはすなわち、青島の医療が私にとってもひとつの理想像に見えるからだ。

現場の医師は多忙である。だが、だからといって見過ごしてはいけないことがある。いささか医師の視点に偏るところはあるかもしれないが、その辺りを主軸に、本書をもう少し掘り下げてみたい。

『処方箋のないクリニック』第一巻、文庫版の刊行は、二〇二三年九月である。そこから順調に版を重ねて人気作の地位を築き、一年あまりで刊行されたのが、続編にあたる本書『処方箋のないクリニック　特別診療』である。

本が売れないと言われる時代にこれだけ勢いがあるのは、先にも述べたとおり、本書に描かれる医療現場に多くの共感が寄せられているからであろう。

ただ、本書は既存の医療小説とは幾分その方向性を異にしているように見える。誤解を恐れずに言えば、この物語の主人公は医師ではない。内科医、青島倫太郎は、とても魅力的な人物だが、彼はあくまで導き手として、さりげなく現れてはさりげなく去って行く。最後の一編「アメリカから来た親子」では、青島自身の過去が語られるが、そこでさえ青島を中心にエピソードが展開されるわけではない。本書の主人公は、どこまでも患者なのである。

物語の多くは病院の中ではなく、さり気ない日常の景色から始まる。日常のごく平凡な生活者が、ふとしたきっかけで思わぬ落とし穴にはまる。もしくは気づかぬ間に危険な底なし沼に引き込まれていく。ある女性はハイスペック男性をつかまえるためにダイエットに奔走する、スマホゲームに夢中の男性は突然の激しい頭痛に襲われる、極端な食事療法に傾倒した父親のために家族が振り回される……。大事件というよりは、誰にでも起こりうるちょっとしたボタンの掛け違いが、日常生活を揺さぶり、人々は、いつのまにか病院に足を運ばざるを得なくなるのである。医療を日常の外側に設定するのではなく、日常と連続した世界として描き出す展開は巧みと言うしかない。しかもそれぞれのエピソードに、肥満治療薬、リビング・ウィル、マクロビオティックスといった現代の医療・健康問題を象徴する絶妙なキーワードを配している。こういった切り口は、仙川さんの新聞記者としての経験が生かされているということであろうか。

かくして病院に足を運んだ患者を受け入れるのが、内科医の青島である。彼はどんな治療も引き受ける天才医師ではない。天才の片鱗《へんりん》はあるが、青島はむしろ少し風変わりな、人生の相談役として描かれる。興味深いのは、彼が「診断」や「治療」「手術」「処方」といった医師にとっての最大の武器をほとんど用いないことであろう。そこは文字通り「処方箋のないクリニック」であり、彼の役割は患者の病気を治療することではなく、むしろ「位置づけること」「解釈すること」だと言っても良い。しかしそれだけのことで、しばしば事態は大きく変化する。必ず解決するとは限らないが、それでも膠着《こうちゃく》し立ちすくんでいた何かがゆっくりと回転し始める。いわば日常が戻ってくるのである。

一般的に言われていることだが、私に限らず、医療関係者はあまり医療小説を読まない。楽屋裏を知っている以上、今さら病院や診療所を舞台にした物語を読んでも、些末《さまつ》なあら探しばかりに目が向いて、物語を楽しむことが難しいためである。

しかし本書はその障壁をゆるやかに越えてくる。それは本書が現代の医療に何が求められているかをさり気なく示してくれるからではないだろうか。言うまでもなく医療の原点は、診断し、治療することである。そのために医療者には、自己研鑽を積み、常に最新の知識と技術を学び続ける責務もある。くわえて現代では、接遇やコミュニケーション能力が必須とされ、その教育も進んでいる。だが青島は、さらにその先の医療を見据えているように思われる。それは、ゆったりとくつろいで語りあうことのできる時間と空間を患者に提供するということだ。

無論、患者の語る言葉のすべてに耳を傾けることは容易でない。単に多忙というだけが理由ではない。なんといっても患者の話はあまりに多岐にわたるからである。親の介護の苦労や、職場での人間関係に関する悩みなどはまだしも、遺産相続にまつわるトラブルから自宅の冷蔵庫の不調、孫の受験の心配に、すぐ障子を破る飼い猫の愚痴、はては円安への不満に、温暖化に対する恐怖まで、すさまじく雑多な領域が述べ立てられる。我々が、満員の外来診察の中で、なんとか断ち切ろうとするこういう会話の中に、しかし問題の本質や解決の鍵が隠れていることは確かにある。

私自身にも苦い経験がある。

先に述べた冷蔵庫の不調を嘆いていた老婦人は、半年以上原因不明の下痢に悩まされていた。下痢は数週間に一度か二度の割合で、定期的に発症する。検査をしても異常は見つからない。格別重症化するわけではなく、自然に改善するのだが、高齢でもあり、トイレに間に合わないことがあると言って悩んでいた。結論を言えば、冷蔵庫内がしっかりと低温になっていなかったため、時々悪くなった牛乳を飲んでいたことが原因だったのである。たったそれだけのことに気づくために紆余曲折《うよきょくせつ》の物語があったのだが、ここではそれを割愛する。冷蔵庫を買い換えたとたんに下痢の症状が消失したことは付記しておこう。大切なことは、症状や疾患だけを診ていては解決しない問題が少なくないということである。青島であれば、もっと早く原因に気づいたに違いない。

思えば、医師がこれほど多岐にわたる役割を求められるようになったのも、時代の趨勢《すうせい》であるかもしれない。

医師の業務は、いまや医療の範疇《はんちゅう》にとどまらない。いや、医療の定義そのものが拡大しているのかもしれない。診断し治療するにとどまらず、悩める者の言葉に耳を傾け、知恵を授け、ときに寄り添うという行為を、しばしば医師は求められる。

しかし考えてみれば、これらは医師の専売特許ではない。むしろかつては、菩提寺《ぼだいじ》の住職や、長屋の宿老、井戸端にあつまる隣人たちが、受け皿になっていたことであり、いわば広い意味でのコミュニティの役割であった。人と人とのつながりが希薄となり、個々の孤立感の強まる社会において、それらの多くが医療を介して医師というひとつの強力なシンボルに委ねられようとしているようにも見える。そう考えれば、満員の外来に来て、延々と飼い猫の愚痴を言う男性や、孫の受験について滔々《とうとう》と不安を述べる老婦人の気持ちも見えてくるのである。単純に目の前の疾患に向き合うだけでなく、生活背景を含め患者ひとりひとりの人生に寄り添っていくということが、これからの医療に求められつつあるのかもしれない。

そのことに、青島倫太郎はおそらく気づいている。

だからこそ本書の終盤で彼は穏やかに告げる。

「今の医療に足りないピースを埋めたいと思ってる」

私も、その意見に賛成だ。
ただし、診療所が荒ら屋になるのは避けたい。
ハーフパンツも抵抗がある。
それでも私なりに、足りないピースを埋められる医師でありたいと思っている。

（なつかわ・そうすけ／医師・作家）

◆取材協力　　社会医療法人若弘会　若草第一病院院長　山中英治

◆参考文献

NATROM 『「ニセ医学」に騙されないために　危険な反医療論や治療法、健康法から実を守る！』 メタモル出版
勝俣範之 『「抗がん剤は効かない」の罪』 毎日新聞社
津川友介、勝俣範之、大須賀覚 『世界中の医学研究を徹底的に比較してわかった　最高のがん治療』 ダイヤモンド社

そのほかに厚生労働省、医療機関、患者団体、民間企業、日本尊厳死協会、日本糖尿病学会、日本内分泌学会などのホームページを参考にしています。

本書はフィクションであり、実在する個人、団体等とは
一切関係がありません

――本書のプロフィール――

本書は、「STORY BOX」２０２４年3月～7月号の連載を加筆修正し書き下ろしを加えた作品です。

小学館文庫

処方箋《しょほうせん》のないクリニック 特別診療《とくべつしんりょう》

著者 仙川《せんかわ》 環《たまき》

二〇二四年九月十一日 初版第一刷発行

発行人 庄野 樹

発行所 株式会社 小学館

〒一〇一-八〇〇一

東京都千代田区一ツ橋二-三-一

電話 編集〇三-三二三〇-五一三八

販売〇三-五二八一-三五五五

印刷所 ——— 中央精版印刷株式会社

この文庫の詳しい内容はインターネットで24時間ご覧になれます。
小学館公式ホームページ https://www.shogakukan.co.jp

ISBN978-4-09-407388-1